사랑이라니,
선영아

사랑이라니, 선영아

김연수
장편소설

문학동네

차례

그건 꽃대가 가냘프기 때문이지

모든 건 팔레노프시스 때문이었다고 광수는 생각했다.

넉 달 전, 광수는 결혼식장에서 팔레노프시스로 꾸민 부케를 뒤에 선 친구에게 던지기 위해 왼쪽으로 고개를 살짝 돌리는 신부의 모습을 스쳐봤다. 사진사가 던질 때를 일러주기 위해 악을 쓰며 숫자를 떠벌린 직후의 일이었다. 부케를 던지는 사진의 삼 요소라면 신부, 부케, 신부의 친구다. 신랑은 별무소용으로 밥상에 오르는 간장종지나 마찬가지다. 맨둥맨둥해진 광수는 부케가 정상적인 포물선을 그리며 신부의 친구인 명희에게 날아가는지 지켜보기 위해 부케 쪽으로 눈을 돌렸다. 바로 그 순간, 게접스럽게도 부케의 오른쪽 윗부분이 광수의 눈에 들어왔다. 우리가 삶에서 스쳐지나는 수많은 순간 중 하나였다. 그렇게 짧은 순간에, 광수는 자신의 결혼식에 지극히 사소한 문제가 하나 있다는 걸 알아차렸다.

돌이켜보면 그건 천재지변보다 더한 비극이었다. 예식장측에서 계약서에 없는 드라이아이스에다 폭죽까지 터뜨리고는 추가비용을 청구하는 정도는 비극의 축에도 들지 않는다. 예식장 사무실 소파에 눌러앉아서, 집중호우에 맞서 싸우는 사람이 삽과 모래주머니를 이용하듯 성대와 두 팔을 이용해 자신이 어떤 종류의 인간인지 보여주기만 하면 된다. 하지만 신부가 던지기 위해 들고 있던 부케의 오른쪽 윗부분 때문에 마음이 보갠다면 어쩔 도리가 없다. 거기에 맞서 자신의 혼을 증명하면 증명할수록 일이 꼬이게 마련이다. 그건 한 인간이 얼마나 쫀쫀해질 수 있는가를 보여주는 것이니까. 날 때부터 인간이 쫀쫀하게 생겨먹었다는 것, 그것보다 더한 천재지변이 어디 있겠는가?

우리가 뱁새걸음이라면 꽃들은 황새걸음이다. 발 없는 말이 발씨 익은 길인 양 천 리를 내달리는 격인데, 그게 다 가냘픈 꽃대 때문이다. 야자나무 줄기 끝에 꽃이 붙어 있다면 남아시아가 원산지인 부케를 한국의 신부가 드는 일은 없었을 것이다. 그러니까 그날, 선영이 들고 있었던 부케도 꽃대가 가냘플 수밖에 없었다는 얘기다. 그 점이 중요했다. 가냘프다는 건 쉽게 꺾일 수 있다는 뜻이니까. 사실 선영의 부케야 눈여겨보고 마음에 남겨둘 만큼 대단한 게 아니었다. 강남터미널 지하 어느 화원에서 맞춰 온, 별다를 게 없는 평범한 부케였다. 부케는 아래로 향한 하얀 불꽃 모양으로 꽃잎을 늘어뜨렸다. 물보라를 일으키는 폭포를 형상화한 것이라고 했지만,

아무리 봐도 그건 뒤집어진 열정을 뜻하는 것 같았다. 위로 솟구치지 못하고 아래로 향하는 불꽃. 차가운 열정. 무거운 의심.

부케의 꽃 한 송이에, 또는 결혼식을 앞두고 절친한 친구가 장난삼아 부른 노래의 가사 한마디에 다시없던 사랑이 고자누룩해질 수 있다면, 양치질을 하는데 잇몸에서 피가 나오는 일은 사랑했던 여자의 결혼식에 하객으로 참석하게 되리라는 사실을 똥겨주는 것이리라. 물론 인간에게는 예감이라는, 위험을 감지하기 위해 특별히 발달된 감정체계가 있다. 예컨대 우리 조상들 중, 흐린 날에 마음을 죄고 먹이를 마련하지 않은 쪽은 그다음 며칠, 심할 경우 몇 달간 계속된 악천후에 굶어죽었을 확률이 높다. 그러니 맑은 날에 마음이 가뜬해지고, 흐린 날에 게굿어지는 건 우리가 적자생존이라는 어려운 시험을 통과한 우등생의 후손이라는 사실을 보여주는 증거다.

그런데 문제는 복채를 내놓지 않는 한, 그 감정체계의 긴가민가한 움직임을 언어로 변환시켜줄 사람이 없다는 점이다. 아무런 일도 일어나지 않았다면 예감이란 그저 생리가 임박했다는 신호일 수도 있고 아침에 먹은 우유가 상한 것이라는 사실을 멍청한 두뇌에 계속 보내는 위장의 긴급 전문일 수도 있다. 예컨대 광수의 결혼식장에 모인 사람들은 대부분 그날이 결혼하기에 그다지 좋은 날은 아니라는 사실을 어렴풋하게나마 느낄 수 있었다. 아침부터 진눈깨비가 흩날렸기 때문이다. 진눈깨비는 눈이 되고 있는 비라고도, 비가 되고 있는 눈이라고도 말할 수 있었다. 우산을 펼친 사람들에게는 그게 비였고 우산을 접은 사람들에게는 그게 눈이었는데, 그 비율은 거의 반반이었다. 날씨도 추웠다가 따뜻해지는 것인지 따뜻했다가 추워지는 것인지 알 수 없었다. 진눈깨비는 '아령칙하다'라는 형용사에 어울리는 물질이다. 긴가민가하다면 그냥 진눈깨비라고 말하면 그만이다. 비인지 눈인지 구태여 확인하고 싶다면 자신이 누구인가를 먼저 알아야 한다. 그걸 모르면 염소한테 소지를 올리는 것이나 마찬가지다. 그때, 누구나 자신이 어떤 종류의 영혼을 지녔는지 깨달을 수밖에 없다.

만약에 지금 당신이 한때 사랑했던 한 여자를 영영 다른 남자의 품으로 떠나보내게 된 것이라면 진눈깨비는 당신의 뜨거운 한줄기 눈물을 가리려고 하늘이 찔끔거리는, 강파른 빗줄기랄 수 있겠다. 하지만 오랫동안 시난고난 혼자서만 사랑해왔던 한 여자와 드디어 결혼식을 올리는 것이라면 그건 '그후로도 행복한' 삶을 예고하는 서설瑞雪일 수밖에 없다. 오백원짜리 동전을 던지면 학 그림과 500이라는 숫자 중 하나가 나오는 것과 마찬가지다. 둘을 한꺼번에 볼 수는 없다. 마찬가지로 우리는 다들 단 하나뿐인 자신의 삶을 살아가는 것이지, 다른 누군가의 삶을 살아가는 게 아니다. 진눈깨비가 비인지 눈인지 판명하는 사람은 다른 사람이 아니라 우리 자신이다. 그러니 다른 사람에게 복채를 내놓는 일은 절대로 없어야만 한다.

'쫀쫀하다'는 말은 원래 옷감의 발이 대단히 고르고 곱다는 뜻이다. 쫀쫀한 인간들이 가장 살차게 구는 게 조금 삐져나온 보풀이다. 아직은 비인지 눈인지 구별하기 힘든 진눈깨비가 흩날리던 11월의 어느 일요일 오후, 광수는 꽃보다 아름다운 신부와 결혼식을 올렸다. 그렇다면 꽃이 아니라 신부만 바라봤더라면 좋았을 텐데, 광수는 그만 부케를 보고야 말았다. 친구 명희를 향해 선영이 던지려던 부케의 오른쪽 윗부분에 부러진 채 달랑달랑 매달린 팔레노프시스 한 송이가 광수의 마음에 재를 뿌렸다. 그건 새로 산 스웨터의 오른쪽 어깨 부분에 삐져나온 털실 한 올과 비슷했다.

'쫀쫀하다'의 반대말은 '얼멍얼멍하다'다. 얼멍얼멍한 스웨터라면 그 털실 한 올은 옷의 일부가 되고 쫀쫀한 스웨터라면 불필요한 보풀이 된다. 그러므로 모든 게 보풀 때문이었다고 악쓰면 악쓸수록 자신이 얼마나 쫀쫀한 인간인지 드러날 수밖에 없다. 다들 알겠지만, 그건 사람됨됨이의 문제지, 불길한 예감의 문제가 아니다. 삶이 왜 죽음과 같은 절망에 이르는지 아는가? 그건 스스로 무덤을 팠기 때문이다. 미안하지만 세상에 팔레노프시스 때문에 일어나는 일이란 없다. 광수는 그 사실을 몰랐다.

그 노래 좀 부르지 마

미혼남에서 유부남으로 바뀌는 과정은 달에서 지구로 귀환하는 일과 비슷하다. 유부남이 되면 갑자기 자신을 둘러싼 중력이 여섯 배나 강해진다는 사실에 멍멍해진다. 하지만 달에서 지구로 바로 귀환할 수는 없다. 반드시 무중력 공간을 거쳐야만 한다. 신혼여행이 바로 그런 무중력 공간에 해당한다. 아직 혼인신고도 하지 않은 법적인 미혼녀의 육체를 아무런 거리낌 없이 탐닉할 수 있는 그 밀월여행은 확실히 무중력상태와 닮았다. 귀 안쪽에 있는 반고리관이 바뀐 환경에 적응하지 못해 감각신호들이 달라지거나 뇌의 지시를 몸이 제대로 알아듣지 못하는 등의 현상은 우주 공간에서나 신혼여행지에서나 늘 일어나는 일이다.

비행기 바퀴가 인천공항 활주로에 닿기 시작했을 때, 광수는 벌써부터 빈탄의 불볕이 그리워질 정도였다. 바깥쪽 창문으로 물방울이 맺혀들었다. 적도 부근의 찌물쿤 공기가 자신을 쫓아온 듯한 느낌이었다. 그 전날 밤 열한시 사십오분, 싱가포르 창이 국제공항에서 이륙한 싱가포르항공 SQ882편에는 광수와 선영처럼 패키지 여행을 다녀오는 신혼부부들로 가득했다. 이 말은 안전벨트 착용등이 꺼지자마자 선반 위에 넣어둔 짐을 꺼내기 위해 남자들이 일제히 자리에서 일어섰다는 뜻이다. 광수는 드디어 자신도 그 수많은 남편들 중의 하나가 됐다는 사실을 깨달았다. 광수는 우중쭝한 마음에 노래를 흥얼거리며 선반에 올려둔 짐을 하나씩 비행기 좌석 위로 내렸다. 스튜어디스들의 작별인사를 뒤로하고 공항 청사까지 걸어가는 동안, 바람을 타고 온 눈송이들이 복도의 유리창에 부딪혔다가 사라지는 모습이 보였다. 바뀐 기후에 아직도 적응하지 못해서인지, 아침이었는데도 웬일인지 땅거미가 내리는 느낌이었다.

입국심사를 마치고 수하물을 찾기 위해 수취대에서 두리번거릴 때, 선영이 광수를 툭 건드렸다. 그때 광수는 리아빈탄 클럽메드 빌리지 하얀 담벼락으로 드리워지던 하오의 노란 햇살을 떠올리며 노래를 흥얼거리고 있었다.

"무슨 생각 하는 거야? 불러도 대꾸가 없고."

오도카니 매초롬한 눈만 깜빡거리던 선영이 말했다.

"응? 뭐라고 말했는데?"

선영은 마음이 많이 풀린 모양이었다. 돌아오는 비행기에서 둘은 시가와 처가 식구들에게 나눠줄 선물의 종류와 분량 때문에 입씨움을 벌였다. 시가 식구들에게 나눠줄 선물은 선영이 챙겼다. 그리고 처가 식구들에게 나눠줄 선물도 선영이 챙겼다. 그렇다면 그 종류와 분량이 대단히 공평했으리라고 생각하는 사람은 미혼녀뿐일 것이다. 미혼녀에서 유부녀로 바뀌는 건, 뭐랄까 호두를 깨무는 일과 비슷하다. 애당초 허기진 배를 채우겠다고 깨문 게 아니다. 왜 먹지 않고 놔두느냐는 주위의 채근을 이기지 못했기 때문이다. 그래도 그렇게 먹을 게 없을 줄은 꿈에도 몰랐을 것이다. 볼썽사나운 껍데기뿐만 아니라 초라한 알갱이까지 갈부수고 난 뒤에야 차라리 그냥 막연하게 상상하던 때가 더 좋았다는 걸 알게 된다. 게다가 불행하게도 미혼녀와 유부녀, 그 사이에는 무중력 공간의 황홀감 따위는 없다. 그저 혼자 빗자루를 들고 정리해야 할 부서진 감정의 껍데기 나부랭이들만 파몰아칠 뿐이다.

"너, 나 처음 봤을 때부터 좋아했다는 말 사실이지?"

"응."

'그런데?'라는 반문의 어조로 광수는 말꼬리를 물었다. 빈탄의 텁텁한 저녁 바람에서 돌아온 광수에게 현실이란 이제 다양한 종류의 가방들을 토해내는 기다란 수하물 수취대의 맨 앞 구멍이었다. 공항 수하물 수취대의 규칙은 무엇일까? 첫번째, 무거운 가방이 나왔다면 그다음에는 가벼운 가방이 나오거나, 큰 가방이 나왔다면 그다음에는 작은 가방이 나오는 일 따위는 없다는 것. 언제나 크고 무거운 가방만이 나온다는 것. 빠밤빠밤밤빠. 광수의 입가에 노래가 맴돌았다.

잠시 말이 없던 선영이 다시 느닷없는 말을 아름거렸다.

"학력고사 칠 때부터 지금까지 쭉 날 좋아한 거야, 맞지?"

"응."

이 대답에는 약간의 저항이 담겨 있었다. 학교란 기관에 입학금이란 걸 내본 지가 벌써 십 년하고도 삼 년이 더 지났는데, 아무렴 그때부터 한 여자만을 쭉 좋아하다니, 그건 광수 자신도 믿기지 않는 일이었다. 하지만 선영이 눈치챌 정도는 아니었다.

"난 너하고 결혼하게 되어서 너무나 기뻐. 네가 믿어줄지 모르겠지만, 진심이야."

"그건 내가 할 소리야."

맞는 말이었다. 그런 소리는 광수가 해야 할 입장이었다.

"그런데 왜 갑자기 그런 소리를 하는 거야? 사랑하니까 다들 결혼하는 거지. 예수님도 아니고, 철천지원수와 결혼하는 사람이 어디 있을까?"

"우리가 처음 만난 게 벌써 십삼 년 전이잖아. 우리 진짜 되게 오래됐어, 그지? 그래서 그래. 그렇게 긴 시간이 흐르는 동안, 네 마음이 변치 않았다는 게 믿기지 않아서 그래. 미안하기도 하고."

몇 번 다른 사랑에 빠진 적은 있었지만, 이라는 말이 맴돌았지만 광수는 그다음 말만 얘기했다.

"어쨌든 엄밀하게 말하자면, 내 마음은 한결같았어."

"그동안 내가 너한테 잘못했던 부분이 있었다면 미안해. 하지만 이제부터는 우리 행복하게 사는 거야, 응? 서로 마음 상하게 하지도 말고, 응?"

빠밤빠밤밤빠, 공항 수하물 수취대의 두번째 규칙은…… 설익은 채 이어지는 문장을 떠올리며 광수는 고개를 끄덕였다.

"당연하지."

"그럼, 그 노래 좀 부르지 마."

"무슨 노래?"

"아까 비행기에서부터 계속 흥얼대던 그 노래 말이야."

"빠밤빠밤밤빠, 이 노래? 지금 비가 내려서 마음이 쓸쓸해서 그러나? 그래서 자꾸 입에서 맴도나?"

선영이 팔짱을 끼더니 추운 듯 몸을 웅크렸다가 숨을 크게 들이마셨다.

"그건 눈이랍니다. 비가 아니고요. 그것도 첫눈이랍니다. 입국심사 요원한테 제가 똑똑하게 들었답니다."

"그래?"

광수는 기연미연했다. 모르는 게 있으면 알게 될 때까지 광수는 곧잘 어리눅은 표정을 지었다. 하지만 사람들 사이에서 일어나는 일만 아니라면 그 어수룩한 표정은 오래가지 않았다. 문제는 다른 사람들의 머릿속에서 벌어지는 일들과 맞닥뜨렸을 때였다. 그때 광수의 얼굴에서 어리숭한 표정은 쉽게 사라지지 않는다.
"첫눈? 우리 결혼식 때 내린 눈이 첫눈 아닌가?"
"그때 내린 건 비였지."
"그래? 그게 눈 아니었어? 그랬어? 그건 그렇고 왜 자꾸 이 노래가 입에서 맴돌지? 이별의 아픔일랑 가져가다오……"
노래가 채 끝나지도 않았는데 선영이 팔짱을 풀고 왼손으로 광수의 손을 맞잡았다.
"광수야, 너, 나 사랑하지? 그렇지? 그래서 결혼했지? 맞지?"
광수는 선영을 바라보며 고개를 주억거렸다.
"사랑했으니까 돈 주고 예식장을 빌려서 아는 사람 다 부른 거지. 결혼식이 무슨 노숙자 무료급식 행사도 아니잖아?"
"그래, 맞아. 우리, 아는 사람들 식사나 대접하려고 결혼한 거 아니야. 사랑하니까…… 니가 날 사랑하니까 결혼한 거야. 그러니까 그 노래 좀 부르지 마. 무슨 말인지 알지?"
하지만 광수는 무슨 말인지 알 수가 없었다.
"그거 진우가 불렀던 노래거든. 병신 같아. 그러니까 부르지 마."
갑자기 광수의 표정이 굳어졌다. 광수는 한동안 아무 말도 없이 가방이 나오는 출구만 바라봤다. 공항 수하물 수취대의 두번째 규칙은……
"언제? 언제 불렀다는 거야?"

"기억 안 나? 피로연 하던 카페에서 규태가 마이크 잡자마자 축가는 꼭 자기가 불러야겠다고 진우가 우겼잖아. 그때 부른 노래잖아. 난 네가 그 노래 부르지 않았으면 좋겠어. 어쨌든, 그건 진우 노래잖아."

"아하."

선영의 말을 가로챈 광수가 잠시 말을 끊고 혀로 입술에 침을 묻혔다.

"저기 우리 가방 나왔다."

공항 수하물 수취대의 두번째 규칙. 모든 승객들이 자기 가방만을 알아본다고 가정할 때, 가방이 도난당하거나 바뀔 확률은 거의 없다. 문제가 생기는 건 자기 가방을 알아보지 못하거나 남의 가방을 알아볼 때다.

"저 가방 맞아?"

선영이 물었다.

맞아!

'맞아.' 광수는 생각했다. '진우가 규태의 마이크를 빼앗으려고 했어. 규태와 승강이를 벌이다가 진우는 양복에 생크림을 잔뜩 묻혔지. 비싼 양복에 생크림 묻었다고 진우가 얼마나 유난을 떨었는지 몰라. 식당에서 이미 술을 많이 마셨던지 휴지로 양복을 닦던 진우의 얼굴은 불콰했지. 마이크를 빼앗은 뒤에는 농담이랍시고 "유부녀가 제일 좋아하는 금속이 무엇인지 아는 사람은 손을 들어주세요. 여러분, 이건 난센스 퀴즈입니다"라고 소리쳤어. "여러분, 이건 난센스 퀴즈입니다"라는 말을 최소한 세 번 이상 반복했을 거야. 아무도 손을 들지 않자 진우가 스스로 답을 말했는데, 그 때문에 피로연장의 분위기는 얼음물이라도 끼얹은 듯 싸늘하게 식어버렸지. 그런데 왜 진우가 〈알미운 사람〉을 부른 건 기억나지 않는 걸까? 폭탄주를 너무 마셨던 것일까? 아니야. 폐백을 마치고 들른 선영과 내가 한쪽에 마련된 자리에 앉아서 케이크를 자르자마자, 규태가 샴페인을 터뜨려 내 양복을 엉망으로 만들자마자, 진우는 잰걸음으로 나갔어. 그 시간에는 술에 취하려야 취할 겨를이 없었어. 그런데 왜 진우가 〈얄미운 사람〉을 불렀다는 건 감감하기만 하고 그 멍청한 난센스 퀴즈의 답만 생각나는 걸까? 변강쇠. 빌어먹을.'

결혼식을 치르고 난 뒤에야 광수는 결혼이 남녀 사이가 아니라 집단 사이에 성립되는 상호 증여의 한 형식이라는 레비스트로스의 말을 이해할 수 있었다. 결혼식에는 관련된 모든 집단의 구성원들이 참여한다. 서로 인사하고 축하하고, 먹고 마시고, 웃고 떠들고. 거기에 참여하지 못하는 사람은 앞에 서서 사랑을 맹세하는 두 남녀뿐이다. 결혼식이 벌어지던 그날 내내, 광수는 아무도 없는 극장에 혼자 앉아 갈등도 클라이맥스도 없는 자연 다큐멘터리를 보는 듯한 느낌이었다.

다음날 아침에 출발하는 비행기를 타기 위해 늦은 밤 서울 시내의 한 호텔에 들어갔을 때가 되어서야 광수는 현실로 돌아올 수 있었다. 다른 사람들이라면 몰라도 둘이서 첫날밤이 가당키나 하냐며 호텔까지 따라온 대학 동기들을 로비에서 간신히 돌려보낸 뒤에야 이제 모든 게 끝났다는 안도감이 밀려왔다. 몸은 천근만근이었지만 정신만은 또렷했다. 검은 구름에 백로 지나가듯 하루에 일어나는 일치고는 너무 많은 일이 일어났고 하루에 만나는 사람치고는 너무 많은 사람을 만났다. 용량이 그만큼 초과됐으니 그날의 기억이 하나로 쭉 이어지지 않고 드문드문 떠오른다고 해서 이상하게 여길 이유는 하나도 없었다.

하지만 아예 생각이 나지 않았다면 모르겠으나 변강쇠라는 말은 기억나는데 〈얄미운 사람〉을 부르는 장면이 기억나지 않는 건 정말이지 어리숭했다. 그 이상한 망각의 상태는 짝사랑하는 선생님 앞에 서서 자신이 뭘 감추고 있다는 사실을 감추지 않으려는 십대 여자애 같았다. 왜 무슨 할말이라도 있니? 없어요. 할말이 있는 것 같은데? 없다니까요. 그런데 선생님, 그거 못 보던 넥타이네요. 망각은 자꾸만 광수의 곁을 맴돌면서 그렇게 말했다. 여학생에게 왜 할말이 없겠는가? 결코 해서는 안 되는 말이 하고 싶기 때문이지. 왜 피로연장에서 진우가 〈얄미운 사람〉을 부르던 부분만 기억나지 않는 것일까? 이 물음에 대한 대답 역시 마찬가지였다. 기억하기 싫은 게 그 기억 안에 있기 때문일 것이라고 광수는 생각했다.

회사 근처의 사진관에 맡긴 결혼식 사진과 신혼여행 사진을 찾던 날, 첫번째 실타래가 풀렸다. '사랑만 남겨놓고 떠나가느냐, 얄미운 사람'이라는 가사로 시작하는 노래였다. 집으로 돌아가는 좌석버스에 앉아 결혼식 때 찍은 사진을 넘겨보다가 광수는 그 노래의 첫 부분을 기억해냈다. 그다음에는 어떤 가사가 이어지는지 광수는 알지 못했다. 어쨌거나 '이별의 아픔일랑 가져가다오. 아, 얄미운 사람', 그렇게 노래가 끝난다는 것만 알 뿐이었다. 안팎의 기온차로 물방울이 맺혀드는 차창을 바라보며 광수는 그 노래를 불러봤다. “사랑만 남겨놓고 떠나가느냐, 얄미운 사람. 사랑만 남겨놓고 떠나가느냐, 얄미운 사람……” 레코드판이 튀듯 그 부분만 계속 흥얼거리던 광수가 문득 노래를 멈췄다.

광수는 손에 들고 있던 사진 뭉치를 넘겨봤다. 사진 중에는 반쯤 남은 샴페인과 이단 케이크 너머로, 고개를 외로 돌린 채 어리숭한 표정을 짓고 있는 광수의 모습이 찍힌 것도 있었다. 샴페인에 젖은 머리는 막 감은 듯 달라붙어 있었다. 초점이 맞지 않은 사진의 한쪽 구석이라 광수의 얼굴은 흐릿했다. 그 옆에는 부아가 난 듯 시쁜 표정으로 진우를 돌아보는 선영의 모습이 보였다. 사진을 자세히 들여다보는 동안, 조금씩 마음에 짚이는 게 있었다. 기억이 어섯눈뜨기 시작한 것이었다. 선영의 기억이 옳다면 진우는 〈얄미운 사람〉을 두 번 부른 셈이다. 처음 노래할 때, 광수는 팔레노프시스 따위는 생각하지도 않았다. 하지만 피로연장에서도 진우가 〈얄미운 사람〉을 불렀다면, 그때 광수는 팔레노프시스만 생각하고 있었던 게 분명했다. 부러진 팔레노프시스. 결혼식장에 울려퍼지던 〈얄미운 사람〉. 또라이. 또라이. 또라이.

그리하여 신혼여행에서 돌아온 지 열흘 만에 광수는 진우에게 전화를 걸었다. 진우로서는 도저히 반가울 수가 없는 전화였다. 광수가 반갑지 않다는 뜻이 아니었다. 그 전화벨 소리 말이었다. 상처를 헤집는 듯한 그 전화벨 소리다.

이런 기분 느껴봤어?

동틀 무렵이었다. 아니다. 동이 다 튼 무렵이었다. 모르겠다. 확실하게 기억나지 않는다. 동이 텄건 동이 트지 않았건 어쨌든 진우에게는 새벽이었다. 아무런 맥락도 없이 진우의 핸드폰이 울리기 시작했다. 핸드폰이 어디에 처박혀 있는지조차 알 수 없었다. 모닝콜 기능을 잘못 맞춰놓은 줄 알고 이불을 머리끝까지 뒤집어쓰고 벨소리가 그칠 때까지 기다렸다. 그리고 얼마 뒤, 다시 핸드폰이 울리기 시작했다. 이번에는 존 레논의 〈Oh My Love〉였다. 진우는 눈도 제대로 뜨지 못한 상태로 허겁지겁 핸드폰을 찾았다. 핸드폰은 아무렇게나 벗어놓은 바지 주머니 속에 들어 있었다.

"아직도 자냐?"

그 목소리는 아직은 프라모델과 프로야구와 광석라디오가 좋았던 열두 살 시절, 평일날 아침이면 방문을 열고 진우를 깨우던 아버지를 떠올리게 했다. 트레블을 낮추고 베이스를 한껏 올린 듯한 음성. 뭔가 대단히 잘못된 것 같았다. 대한민국 통신체계가 붕괴되지 않고서야 그런 일이 일어날 수 없었다. 진우는 저도 모르게 몸을 일으켜 앉았다.

"누구세요?"

"자유직업이라 팔자가 좋구나. 소득세는 내고 사냐?"

"엉, 광수냐? 신혼여행은 잘 갔다왔냐? 그런데 니가 왜 선영이 핸드폰으로 전화하니?"

진우는 갑자기 광수가 멧돼지에게 전화를 바꿔준 줄 알았다. 진우의 말이 끝나기가 무섭게 엄청난 콧방귀 소리가 핸드폰 밖으로 터져나왔기 때문이다.

"역시 내 전화로 거니까 받지 않더니 선영이 전화로 하니까 금방 받는군."

"아까도 전화했니? 자고 있어서."

진우가 얼버무렸다.

"난 밤새 한잠도 못 잤는데, 너는 아직도 꿈나라에 있다니 뭔가 불공평하다고 생각하지 않냐?"

"내 생활계획표에는 이 시간이 꿈나라로 갈 시간이야. 그리고 공평이란 단어가 친구의 떼꾼한 눈까지 도맡아야만 한다는 뜻은 아니잖아. 선영이가 밤새 못살게 굴었던 모양이지? 너 잘 먹는 우황청심환이라도 먹어보지 그러냐?"

햇살 때문에 눈살을 찌푸리고 시계를 보면서 진우가 말했다. 아침 여섯시 삼십오분이었다. 진우가 살아온 바에 따르면, 그 시간에 깨어서 활동하는 인간은 현역군인들밖에 없었다. 방위병들도 그 시간에는 깨어나지 않았다.

"변강쇠로서 충고하는 거냐?"

진우는 좀 떨떠름했다. 왜 그 시점에서 변강쇠라는 단어가 나와야만 하는지 진우는 도무지 이해할 수 없었다. 일단은 현실감을 되찾는 게 급선무라고 진우는 생각했다.

"이 새벽부터 그 무슨 골계미를 보여주려고 이러는 거야? 집이냐?"

진우가 빈죽거렸다.

"베란다야. 너의 염려에도 불구하고 나의 성생활은 아무런 문제가 없어. 문제는 그런 게 아니야. 우황청심환 몇 알을 삼킨다고 해결될 문제가 아니야. 갑갑증이 나서 밤새 몸을 뒤척이다가 아침을 맞이한 뒤, 나는 이런 결심을 하게 됐어. 잘 들어봐. 그래, 아무런 일도 없었다고 생각하면 되는 거야. 그런 거야. 남들 사는 것처럼 그냥 그렇게 살면 되는 거야."

광수가 부르대듯 재깔거렸다. 언제나 남들 사는 것처럼 살았던 사람이 어느 날 밤을 꼬박 새우고 남들처럼 살겠다고 다짐한다면 그걸 어떻게 받아들여야만 할까? 심각하게 받아들여야 한다. 그건 자신을 부정한 자신을 부정한다는 뜻이며, 그러므로 '~하지 않을 수 없다'의 세계, 자기부정의 자기부정을 거쳐 다시 더욱더 강한 자기긍정의 세계로 되돌아간다는 뜻이었다. 진우는 웃지 않을 수 없었다.

"웃지 마. 그 순간, 아침햇살이 창으로 쫙 비쳐드는데, 바야흐로 새로운 인생이 펼쳐지는 것 같더라. 왜 안 그렇겠어? 나는 이제 한 여자의 남편이 됐는데. 그런 행복한 기분 한 번이라도 느껴본 적 있냐?"

"지금 당장 이 전화를 끊으면 그게 무슨 느낌인지 알 것 같은데?"

"안 되지, 안 되지. 그렇게 해서는 안 되지. 너한테 꼭 묻고 싶은 게 있어서 전화했는데. 오늘 바깥 날씨가 어떤지 살펴봤니?"

"새벽에 잠 안 자고 밖을 내다보고 그러는 사람 아니야, 나. 밤새도록 원고 썼어. 지금 나는 잠이 필요해. 그러니까 이따가……"

낮에 다시 전화하라고 말하려는 순간, 광수가 진우의 말을 자르며 들어왔다.

"이따가 한번 내다봐. 이렇게 상쾌한 초겨울날은 다시 보기 힘들 거야. 베란다로 나와 문을 활짝 열어젖히는데, 나도 모르게 탄성이 나오더라. 눈길 닿는 곳까지 서늘한 초겨울의 푸른 하늘. 오른손으로 이 멋진 인생을 꽉 움켜잡고 있는 듯한 느낌. 가볍게 나를 스쳐지나가는 신선한 아침 공기. 나도 모르게 흘러나오는 흥겨운 노래. 사랑만 남겨놓고 떠나가느냐."

광수가 노래를 부르기 시작했다. 진우는 핸드폰을 귀에서 뗐다. 계속 '사랑만 남겨놓고 떠나가느냐'만을 되뇌던 광수가 노래를 딱 그쳤다. 잠시 기다리다가 노래가 끝났다고 생각한 진우가 핸드폰을 귀에 갖다 댔을 때, 광수가 소리쳤다.

"야알미운 사아람. 그런데 그다음 가사가 생각나지 않는 거야. 내가 아침에 일어나자마자 결심했다고 했지. 아무런 일도 없었다고 생각한다고. 그런데, 빌어먹을, 그다음 가사가 영 기억나지 않는 거야. 그래서 전화했어. 그다음 가사가 뭐냐?"

진우는 활시위를 당기듯 숨을 잔뜩 들이마셨다.

"나야말로 빌어먹을이다. 네가 새로운 인생을 시작하는데, 왜 하필이면 그 노래가 사운드트랙으로 깔려야만 하는 거냐? 또 다음 가사가 기억나지 않는다면 고장난 전축마냥 그 부분만 계속 반복해서 부르면 될 것이지, 왜 밤새 풀가동하느라 지친 내 대뇌피질의 스위치를 다시 올리는 거야? 가사 따위가 그렇게 궁금하다면 700 전화 노래방에 전화해보든지, 아니면 다른 노래도 많잖아. 맑고 밝고 건전한 노래. 초등학교 본관 건물 꼭대기에 설치된 스피커에서 나오면 딱 좋은 노래. 학교 앞 문구점은 조그만 가게. 가게는 조그매도 손님이 많아, 이런 노래."

진우가 불법적인 가택침입에 맞서 야구방망이를 휘두른 거라면 광수는 거기다 대고 스커드 미사일을 발사한 셈이었다. 느닷없이, 아무런 맥락도 없이, 광수가 고함을 빽 질렀다. 평온한 월요일 아침 출근시간, 미국의 심장부를 강타하는 테러리스트의 공격처럼.

"'세계문구점'말고 〈얄미운 사람〉 말이야, 〈얄미운 사람〉! 새로운 인생을 출발하려고 하는데 〈얄미운 사람〉의 그다음 가사가 생각나지 않는단 말이야! 너는 입이 열 개라도 할말이 없어. 잘 들어. 오른손이야. 왼손도 아니고 오른손이야. 나 오른손잡이인 거 알지? 그런 내가 지금 오른손으로 베란다 난간이 마치 내 초라한 삶이라도 되는 양 꽉 움켜쥐고 있어. 쥐어짜듯이 꽉 움켜잡고 있다고. 너는 내가 지금 이 손을 놓고 그냥 베란다 너머로 뛰어내리기만을 바랄지도 모르겠지만, 그럴 수는 없지. 절대로 그럴 수는 없지. 내가 죽을까봐 오른손으로 베란다를 꽉 움켜쥐고 있는 것이라고는 절대로 생각하지 마. 절대로. 절대로 아니라고! 그런데도 너는 내가 지금 너한테 꼬박 밤을 새운 뒤, 베란다 난간을 꽉 움켜잡은 사내가 흥얼거릴 수 있을 만한 노래를 선곡해달라고 애원하는 거라고 생각하니? 내가 왜 지금 이러는지 아니? 왜 이러는지 아느냐고? 그런데 지금 나보고 '세계문구점'을 부르라는 거야?"

그제야 진우는 자신의 당면 목표가 밤을 꼬박 새운 뒤 오른손으로 인생을 꽉 움켜쥐었다고 생각하는 새신랑에게 왜 그런 일로 전화를 했느냐고 따지는 게 아니라 어서 이 정신병자와 상담하는 듯한 전화를 끊고 다시 잠드는 것이라는 사실을 깨달았다.

"〈얄미운 사람〉 가사만 가르쳐주면 되는 거야?"

"노래까지 불러."

"야잇, 나 지금 자다가 전화받아서……"

"나는 밤새 한잠도 못 잤어."

"가사가 생각나지 않아서?"

또다시 멧돼지 콧방귀 소리가 들렸다. 진우는 한숨을 내쉬었다. 차라리 옆에 멧돼지 있으면 좀 바꿔달라고 하고 싶은 심정이었다.

"한 번만 부를 테니까 잘 들어. 나 노래 두 번 부르는 사람 아니야. 사랑만 남겨놓고 떠나가느냐, 얄미운 사람. 슬픈 음악처럼 이 마음 울려놓고 저멀리 떠나간 사람. 미련만 남겨놓고 돌아가느냐, 얄미운 사람. 미련 때문인가 멍들은 이 내 가슴, 아픔만 주고 간 사람. 너 듣고 있냐?"

"계속 불러."

진우는 또 한숨을 내쉬었다.

"정 주고 마음 주고 사랑도 줬지만, 지금은 남이 되어 떠나가느냐. 이별의 아픔일랑……"

하지만 진우는 노래를 끝까지 부를 수 없었다. 가사가 기억나지 않았느냐고? 그럴 리가 있겠는가. 광수가 다음과 같이 말하고 일방적으로 전화를 끊어버렸기 때문이지.

"됐어. 그만해. 그다음은 나도 알아. 그리고 너는 분명히 그 노래 두 번 불렀다. 잘 자라. 이 또라이 새끼야."

진우는 뭔가 얘기가 대단히 이상하게 돌아간다는 사실을 알아차렸다. 하지만 대뇌피질은 최대절전 모드로 작동중이었다. 더이상

사태의 진상을 파악하기는 힘들었다. 다시 이불을 뒤집어쓰고 누웠는데, 메아리처럼 '또라이 새끼'라는 단어가 전원이 꺼진 진우의 머릿속에서 반향을 일으켰다. 십삼 년 전의 아련한 추억을 떠올리게 하며.

행복이 날아오다가, 지미……

호접란(난과, Phalaenopsis hybrids, 열대 아시아)
꽃말: 행복이 날아온다.

길고 굵은 줄기에 크고 아름다운 꽃을 피우는 호접란은 꽃 모양새가 아름다워 신부화에도 많이 사용되고 있다. 동양식 이름인 '호접胡蝶'은 아주 아름다운 이름이지만, 학명은 그리스어 'Phalaina(나비)'와 'Opsis(같다)'의 합성어인 팔레노프시스로, 꽃의 형태가 나비와 같은 데서 유래됐다. 아름다운 꽃에는 아름다운 나비가 날아드는 법! '행복이 날아온다'는 꽃말을 지닌 호접란 화분을 사랑스런 그녀에게 행복의 징표로 선물해보면 어떨까?

"어떻게 하면 이 꽃대가 꺾어지죠?"

회사일을 마치고 강남터미널 지하 꽃가게를 찾은 광수가 꽃잎 끝에서부터 중심부를 향해 보라색에서 하얀색으로 그러데이션을 보이는 호접란의 꽃대를 엄지손가락과 검지손가락으로 자분거리며 가게 주인에게 물었다.

"아따, 이 양반아! 꽃대란 이리 호리호리 가는 것잉께 꺾어지는 거지. 그걸 모른다요?"

오른쪽 팔뚝에 자주색 토시를 낀 가게 주인이 꽃들을 향해 분무기로 물을 내뿜으면서 본숭만숭 내뱉었다.

"아니, 제 말은 가만히 들고 있는 꽃대가 왜 꺾어지냐는 말이죠."

광수가 되물었다.

"지미, 참, 사람 말귀를 못 알아듣네. 망부석 모냥으로 가만히 있는데 꽃대가 왜 꺾어진다요? 누가 꺾었으닝께 꺾어지는 거지. 염소가 물똥 싸는 거 봤소? 벌소리 고만하고 살 생각 없으면 싸게 가시오잉. 나는 시방 입구녕에 불 때고 있을 때가 아니라니께."

"나비처럼 생겨서 호접란이라고 그런다면서요?"

"그 꽃은 원래가 접붙이기 좋은 꽃이오잉. 그러니께 여름 난이지라."

"여름에 피는 꽃인가보죠?"

"그거시 아이고 확 피었다가 확 져버린다고 여름 난인디…… 음마, 하이구 몰러. 바빠죽겄는디 이 총각하고 야그를 하다본께 시방 유리창으로다가 물을 쏘고 있잖여?"

"저, 총각 아닌데요? 얼마 전에 식 올렸는데요?"

"욕봤구먼. 그란디 나더러 으짜라고? 워매, 그거 시방 꺾었다요?"

가게 주인이 광수가 꺾은 꽃다발 속의 호접란 한 송이를 가리키며 볼똥댔다.

"이 양반이 이게 뭔 무작스런 짓이까? 것도 손님이라고 한번 훑어보라고 놔뒀더니만 아조 남의 사업을 망체놓고 있구마이."

가게 주인이 분무기를 한쪽에 내려놓으며 말했다. 광수는 얼른 꽃다발에서 손을 떼면서 허룽거렸다.

"에이, 꽃 하나 꺾어진다고 인생이 바뀌겠어요?"

"지미, 으째야 쓰까이? 이거이 먼 일이당가! 북경에서 나비가 헛가닥 뒤집어지믄 뉴욕에서는 태풍이 불어야. 그짝이 장난삼아 꺾은 우리 호접 따문에 내 맴이 뚫린 거는 으짤 모냥인가?"

광수가 멍한 표정을 지었다.

"어차피 든손에 사가려고 했어요. 그런데 아저씨, 진짜 꽃 하나 꺾어진다고 인생이 바뀔 것 같습니까?"

"워매, 환장하겄네이! 아따, 그라믄 각시 지둘리는 집에까장 잘 들고 갈 일이제, 이 판세에 뭔 놈의 인생은 인생이여? 아, 싸그리. 또라이도 아이고 이게 뭣하는 짓인가 몰르겄네. 남 속 뒤집는 야그 작작 하고 돈이나 꺼내보소."

"얼마예요?"

광수는 지갑을 찾아 주머니에 손을 집어넣었다가 고개를 들어 가게 주인을 얼보며 말했다.

"그런데 저는 또라이 아니거든요."

"지미……"

오, 저렇게 아름다웠다니

많은 사람들이 진우에게 묻는다. 사랑했던 여자를 다시 만나게 되면 기분이 어떠냐고? 진우는 대답한다. 그건 벤츠 S600을 타고 가다가 장충체육관에서 열리는 부도업체 마지막 재고물품 대방출 행사를 곁보게 된 이건희 회장의 심정과 비슷하다고. 이게 인생무상을 느낀다는 말의 문학적 비유를 진우 특유의 서낙한 문장에 담은 대답이 아닐까 하고 생각한다면 당신은 조금 더 살아야만 하거나 너무 오래 산 것이다. 진우의 대답은 이런 뜻이다. 세상에는 두 부류의 여자가 있다. 지금 사랑하는 여자와 앞으로 사랑할 여자. 그렇다면 한때 사랑했던 여자는? 회한과 추억과 그리움의 대상일 수는 있겠지만, 여자로 보이지는 않는다. 진우에게 어떤 존재가 여자로 보이기 위해서는 거기에다 육체적이든 정신적이든 갈망이 더해져야만 한다. 갈망한다면 마지막 재고물품은 그럴듯한 옷으로 보이지만, 갈망이 사라진다면 그건 공연히 가위로 자르고 실로 묶어놓아 못 쓰게 만든 천으로 보일 뿐이다. 사랑했던 여자도 마찬가지다. 마음도, 몸도 더이상 부풀어오르지 않으면 그건 그냥 Y염색체가 결여된 인간에 불과하다.

여기까지 말하면 열 명 중 반은 아무 대꾸 없이 앞에 있는 술을 마시는데 이들은 대부분 남자들이며, 나머지 반은 그 마음 나도 이해할 수 있을 것 같다고 말하는데 이들은 대부분 여자들이다. 그런데 그중에서도 강원도 산골의 까막딱따구리 부리 짓과 마찬가지로 국가가 법률로써 보호해줘야 할 필요성이 있는 반응을 보인 사람이 있었으니 그게 바로 광수였다. 광수는 어떻게 사랑이 변하느냐고 메뜨게 물었다. 진우는 하마터면 〈봄날은 간다〉에 나왔던 이영애처럼 "우리 헤어져!"라고 단호하게 말할 뻔했다. 그러니까 월드컵 때문에 처음으로 유럽인들이 지각 사태를 빚던 2002년 6월, 신촌의 어느 호프집에서 각자 오백 시시 맥주와 프라이드치킨을 앞에 두고 앉아 있을 때 벌어진 사건이었다.

"어떻게 사랑이 변하냐고? 옵바, 그건 옵바가 영원하리라 믿는 낭만적 사랑이 실은 공산품이어서 그런 거야요."

어떤 술자리에서든 주도권을 놓치지 않는 습성대로 진우가 늘차게 말했다. 심리학자들은 진우 같은 유형의 사람들이 행동하는 방식을 'A형 행동방식'이라고 일컫는다. 그렇게 부르는 데는 여러 가지 이유가 있겠지만, 아마도 제일 중요한 이유는 B형이라거나 C형이라고 일컬으면 남에게 뒤처진다는 생각에 당장 스트레스를 받는 인간들이기 때문일 것이다.

"공산품이 뭐야?"

넥타이를 약간 느슨하게 잡아당기며 광수가 물었다.

"뭐긴 뭐야? KS마크나 '검'자가 찍히는 물건이란 뜻이지. 수제품을 아무리 잘 만들어도 KS마크는 안 찍어주잖아?"

면박을 주듯 진우가 쏘아붙였다.

"사랑이 왜 공산품이냐니까 거기서 왜 KS마크가 나와?"

"그건 사랑에도 표준규격이 있다는 뜻이야. 잘 들어봐. 마르코니의 무선전신, 벨의 전화, 에디슨의 전구, 자본주의사회의 낭만적 사랑은 모두 역사적인 발명품이야. 17세기 프랑스 사람 라 로슈푸코는 이런 말을 했어요. 어떤 사람들은 사랑에 대한 이야기를 듣지 못했다면 절대로 사랑에 빠지지 않았을 것이다. G코드 예약녹화가 가능한 VTR을 구입하지 않는 한, TV 편성표 프로그램 옆에 있는 숫자는 고정간첩의 난수표와 마찬가지고, 피임약이 발명되기 전까지 성적 방탕이란 남성명사에 속하는 것이었지. 같은 이치로 18세기에 낭만적 사랑이 발명되기 전까지는 뛰는 가슴으로 만나 일부일처제 가정을 꾸려 그후로도 행복하게 살아가는 부부는 없었다는 뜻이지."

"그냥 사람이 좋아지는 마음이 왜 발명품이야? 그럼 너는 교통사고가 나서 다리가 부러진 상태로 깔려 있으면서도 119 구급대원들에게 아직까지 아픔을 발명한 사람은 없으니까 저는 아프지 않습니다. 이렇게 말할 거냐?"

웬 트레바리 짓이냐는 듯 진우가 눈알을 뒤룩거렸다.

"고양이 웃다가 수염 부러뜨리는 소리 하네. 다리 아픈 거하고 사랑 때문에 가슴 아픈 거하고는 엄연히 다른데, 지금 그게 비교가 되니? 코피 질질 흘리는 데 막는 휴지로 실연의 아픈 상처를 메울 수 있을 것 같냐? 생리학적 아픔과 심리학적 아픔이 어떻게 다른지 지금 당장 내가 이 주먹으로 설명해줄까? 다친 곳도, 피 흘린 자리도 없는데 우리가 왜 실연의 상처에 아파하겠니? 실패한 사랑에는 KS마크를 찍어주지 않으니까 그러지. 낭만적 사랑의 첫번째 테제. 우리는 서로 만나기 위해 태어났다. 그러니까 무슨 수를 쓰더라도 자신의 사랑에 KS마크를 받아야만 한다. 두 연인이 일부일처제 가정을 꾸려 그후로도 행복하게 살아갈 때, 낭만적 사랑은 최고의 사랑으로 완성된다고 사람들은 믿잖아. 그런데 이게 다 환상이란 말이야. 음모란 말이야. 사실은 18세기 자본가들이 발명한 사랑이란 말이야. 낭만적 사랑의 공식, 낭만적 사랑의 표준규격이 그때 다 발명됐단 말이야. 왜 그랬겠니? 필요는 발명의 어머니니까. 자본주의사회에서는 안 그러면 인간들이 노동을 안 하니까. 니가 내 농노라면 채찍만 들어도 수만 평 고랑을 다 갈겠지만, 자본주의사회에서는 그럴 수가 없잖아? 그렇다면 무슨 수로 너를 주당 사십사 시간씩 컨베이어벨트 옆에 세워놓을 수 있겠냐?"

"왜 만날 너는 지주고 자본가인데 나는 농노고 노동자냐? 넌 항상 그러더라. 쓸데없는 소리 하지 말고, 그러니까 옛날에 사귀었던 여자 다시 봐도 아무렇지도 않다는 얘기야, 뭐야?"

광수가 손목시계를 힐끗 내려다보면서 말했다. 진우에게는 손목시계 자체가 없었다. 증권사 직원과 소설가가 다른 점은 그것뿐만이 아니었다.

"나한테 쓸데없는 소리 하지 말라고 하지 마. '전원 집합'이라는 말보다도 내가 더 싫어하는 소리니까. 사랑했던 여자를 다시 만나면 어떤 기분이 드느냐고 먼저 물은 사람은 너야. 나는 지금 그 대답을 하고 있는 중이고. 너처럼 쫀쫀하게 몽그작거리는 애를 평생 매일 아침 아홉시까지 증권회사 석계 지점으로 출근하게 만드는 일은 병장이 이등병 머리 박게 하는 것보다 더 쉬워. 니 주민등록 초본 아래로 줄줄이 이름을 등재시키면 되는 거야. 그럼 등뒤의 태엽이 감긴 토끼 인형처럼 북을 두들기게 되지. 둥둥둥. 제게는 여우 같은 마누라가 있습니다. 둥둥둥. 제게는 토끼 같은 자식들이 있습니다. 둥둥둥. 그런데 아무도 돈을 벌어오지 않습니다. 이 지경이 되면 채찍을 보여주지 않아도 자본주의라는 이 거대한 바퀴를 굴리기 위해 자발적으로 뛰어든다는 말이지."

그쯤에 이르면 대개 진우는 넋없이 자기 이야기에 빠져 앞에 앉은 사람의 반응이 어떤지 제대로 살펴보지도 않는다. 물론 광수는 농노 운운할 때부터 시틋한 마음이 들어 진우의 말에 귀를 기울이

지 않았다. 사람들이 떠드는 소리로 주위가 시끄러워 처음에는 몸을 앞으로 기울였지만, 이제는 느긋하게 뒤로 젖혀 출입구 쪽만 바라봤다. 그러거나 말거나 진우는 계속 주워대기만 했다.

"결혼이 자유민의 지위를 빼앗고 평생 임금노동자의 굴레를 뒤집어씌운다면, 미혼으로 살면 되는 것 아니냐고 너 같은 애들은 항변하겠지. 물론 그렇지. 얼뜨기라도 그 정도는 생각할 수 있지. 그래서 부르주아들이 낭만적 사랑이라는 걸 발명한 게 아니겠니? 낭만적 사랑이라는 게 뭐야? 온갖 봉건적 굴레를 벗고 개인이 주체적으로 사랑한다는 환상을 심어주잖아. 윤심덕과 김우진이 스쿠버 장비도 없이 현해탄 푸른 물에 뛰어든 이유가 뭐겠니? 낭만적 사랑이 자신들의 영혼을 구해주는 구명조끼가 될 것이라는 환상에 빠졌기 때문이 아니겠니? 그에 비하면 주당 사십사 시간 노동쯤은 고통이라고 부르기도 민망하지. 이런 이유로 해서 자본주의는 낭만적 사랑이 영원한 사랑인 것처럼 부추기고 임금노동에 가장 적합한 일부일처제 가족의 유지를 위해 갖은 애를 다 쓰는 거야. 우린 원래 일부일처제하고도 영원한 사랑하고도 별로 어울리지 않는, 시방 위험한 짐승들이야. 넌 그렇게 생각하지 않니?"

"난 니가 왜 감성적인 작가로 손꼽힌다는 건지 알다가도 모르겠다. 자기 마음 하나 설명하는 데도 이건희에서 윤심덕까지 들먹여야만 하는 니가 말이다. 좋으면 좋다, 나쁘면 나쁘다, 아무렇지도 않으면 아무렇지도 않다, 뭐 그렇게 얘기하면 안 되니?"

여전히 입구 쪽에서 눈을 떼지 않은 채, 광수가 구시렁댔다. 몸을 돌려 광수가 보는 쪽을 한 번 힐끗 바라봤다가 진우가 다시 떠죽거렸다.

"발단 전개 절정 결말. 세상사가 다 이런 아치 모양의 다리를 건너가는 게 아니겠니? 그러니까 이렇게 길게 설명하는 거지. 여름 매미가 가을 단풍을 알 턱이 없지. 너는 연애도 제대로 못해본 어리보기라서 잘 모르겠지만, 낭만적 사랑도 마찬가지야. 너는 사랑이 발단하고 전개되어 절정에서 영원할 것 같니? 결말은 영원히 유예될 거라고 생각하니? 천만의 말씀. 천년의 사랑이든 만년의 사랑이든 한번 지나가면 사랑은 잊혀져. 그래도 너 같은 애들은 아둔한 표정으로 '사랑이 어떻게 변하냐?'고 중중거리겠지. 결말까지 가보면 말이야, 잃은 것은 일시적인 사랑이요, 얻은 것은 영원한 임금노동의 사슬뿐이라는 걸 알게 될 테지. 그렇다고 만국의 유부남들이 단결할 일도 없을 테니 이보다 더 좋은 방법이 어디 있겠니? 나? 나는 절대로 그럴 일이 없지. 영원하지도 않을 사랑을 위해 매일 넥타이 매고 만원 전철 손잡이에 매달릴 일이 없지. 옛날에 사랑했던 여자? 그건 포커판에 펼쳐진 카드에 불과해. 앞으로 내게 어떤 카드가 들어올지 몰라. 하지만 분명한 건 바닥에 펼쳐진 카드는 들어오지 않는다는 것이지."

광수가 프라이드치킨을 만지작거리더니 이내 맥주잔을 잡고 진우에게 내밀었다. 술을 마신 뒤, 광수는 혀를 낼름거리며 입을 닦더니 이렇게 얘기했다.

"목마르고 허기지겠다. 많이 먹어라. 니가 좋아하는 닭고기다."

광수가 안주접시를 진우 쪽으로 밀면서 권했다.

"이가 아파서, 요새는. 양치하면 피도 나고."

그러면서도 진우는 닭고기 하나를 손으로 잡고 뜯었다.

"주둥이가 아파야 하는데 왜 이가 아프냐? 그런데 너만 보면 궁금한 게 하나 있다. 너는 닭고기하고 여자 중에 뭐가 더 좋냐?"

"당연히 여자가 좋지, 인마."

"그럼 어떻게 한 여자보다 닭고기에 대한 사랑이 더 오래가냐? 난 도대체 이해가 가지 않는다."

"니가 외로움에 못 이겨 냉동포장 닭고기를 껴안고 한번 자보면 알게 될 거다. 왜 닭고기는 평생 사랑할 수 있으면서 한 여자는 육개월 이상 사랑하지 못하는지. 니가 모처럼 술을 산다니까 이렇게 너를 붙잡고 재재거린다만 나는 너의 비유체계가 참 신비롭기만 하다. 어떻게 여자하고 닭고기를 비교할 수 있냐? 그게 비교가 되냐? 하느님이 내 영혼까지 만들었을 때, 재료가 다 떨어졌나보다. 그래서 다른 재료 구해와서 다시 니 영혼부터 만들기 시작한 모양이지. 어쩜 너하고 나하고는 영혼의 질이 이다지도 다르냐?"

"상관없어. 그건 피차일반이니까. 어쨌든 나는 변하지 않는 사랑을 믿어. 다행이야. 한때 사랑했던 여자를 만나도 닭고기 좋아하는 만큼의 감정도 들지 않는다니. 대단히 좋은 일이야."

광수는 거의 사시에 가깝도록 곡예를 펼치면서 손목시계를 훔쳐 본 뒤, 천천히 'How can you fix it?'이라고 말할 때의 인토네이션 곡선을 그리며 진우의 말을 되뇄다.

"발단 전개 절…… 결말."

진우는 닭고기를 천천히 씹으면서 광수를 바라봤다. 광수는 진우의 눈을 피하지 않았다. 질이 다른 두 영혼이 서로 마찰을 일으키며 불꽃을 튀겼다.

"내가 지금 그 아치형 다리의 맨 윗부분을 지나가고 있다면 너는 어떤 기분이 들 것 같냐?"

"어랍쇼? 너, 지금 연애중이라고 둘러치는 거니?"

진우의 입에서 씹다 만 닭 살점이 툭 튀어나갔다. 진우를 바라보던 광수의 시선이 살점의 비행 궤적을 따라 자기 앞에 놓인 맥주잔 속으로 들어갔다.

"아니, 지금은 결말 부분으로 넘어가고 있어. 곧 결혼할 거야."

거품을 내뿜으며 맥주 속으로 가라앉는, 조그맣고 하얀 물체를 바라보면서도 의외로 담담하게 광수가 말했다.

그 말에 진우가 술잔을 들어 내밀었다.

"누구랑? 누구랑 결혼하는데, 이때까지 그렇게 뒤 사렸던 거야? 야, 어쨌든 축하한다. 내가 먼저 결혼할 줄 알았더니 니가 먼저 하는구나. 천우신조라더니, 하늘은 만날 너만 도와주는구나. 그런데 누구야? 도대체 누구랑 결혼한다는 거야?"

"어, 안 그래도 저기 왔네."

광수가 건배하려고 들었던 술잔을 탁자에 내려놓으면서 진우의 뒤쪽을 가리켰다. 진우는 고개를 돌렸다. 진우의 눈에는 환하게 웃으며 걸어오는 한 여자의 모습이 보였다. 진우는 약간 눈을 찡그려 그 여자를 바라봤다. 단발머리에 몸이 호리호리한 그 여자가 진우를 바라보며 알은척을 했다.

"어, 꽤 반반한데? 누구야?"

"선영이 몰라?"

"선영이? 선영이? 오, 빌어먹을, 개새끼. 선영이!"

멀리 있던 선영은 입술의 움직임을 보고는 진우가 "오, 저렇게 아름다워어, 선영이가"라고 말한다고 생각했을지 모를 일이었다. 어쩌면 자기 앞에 광수가 없었더라면 진우도 그랬을지도 모른다. 진우는 다시 고개를 돌려 암컷을 만난 수컷 보노보처럼 팔을 들어 흔드는 광수를 갈고리눈으로 째려보며 빠른 목소리로 뙤뙤거렸다.

"아휴, 이 새끼. 정말 사람 엿 먹이네. 왜, 왜, 왜 하필이면 그게 선영이야?"

"선영이를 사랑하거든. 십삼 년 전부터 사랑해왔거든. 선영이가 너하고 사귈 때부터 쭈욱."

여전히 손을 흔들면서 광수가 진우의 말을 뭉개버렸다.

참 내, 내가 왜 이러지?

왜 우리는 사랑을 '맺거나' 사랑을 '이루지' 않고 사랑에 '빠지는' 것일까? 그건 사랑이란 두 사람이 채워넣을 수 있는 가장 깊은 관계이기 때문이다. 자신이 가진 것을 모두 집어넣어도 그 관계는 채워지지 않는다. 정열, 갈망, 초조, 망설임, 투정, 침착, 냉정, 이기심, 헌신, 질투, 광기, 웃음, 상실, 환희, 눈물, 어둠, 빛, 몸, 마음, 영혼 등 그 어떤 것이든 이 깊은 관계는 삼켜버린다. 모든 게 비워지고 두 사람에게 방향과 세기만 존재하는 힘, 그러니까 사람들이 사랑이라고 부르는 원초적인 감정의 움직임만 남을 때까지 그 관계 속으로 자신이 가졌던 모든 것을 밀어넣는 일은 계속된다. 그런 과정을 되풀이하다가 마침내 마음의 숲속 빈터가 열리게 되면 뜨거운 육체의 아름답고 털 없는 동물들이 뛰놀게 된다고 서양의 어느 시인은 노래했다.

일단 온 존재가 완전히 비워지면 사랑에 빠진 사람은 그 무엇이든 될 수 있다. 사랑은 '나'를 무한히 확장시킨다. 사랑에 빠졌을 때, '나'는 질투로 몸이 달아 자살을 떠올리는 심약한 청년이 되기도 하고 어떤 투정이라도 받아들일 수 있을 만큼 너그러운 성자가 되기도 하고 청소차가 지나가는 새벽 거리를 비스듬히 누워서 바라보는 폐인이 되기도 한다. '나'는 레너드 코헨의 노래처럼 권투선수와 의사와 운전수가 될 수도 있고 안치환의 노래처럼 그대 뺨에 물들고 싶은 저녁노을이나 그대 위해 내리는 더운 여름날의 소나기가 될 수도 있다.

하지만 사랑이 끝나면 이 모든 가능성이 사라진다. 사랑의 종말이 죽음으로 비유되는 까닭은 그 때문이다. 사랑이 끝나고 나면 우리는 원래의 자신으로 되돌아가는데, 그러면서 무한히 확장됐던 '나'는 죽어버린다. 진우의 말처럼 한번 끝이 난 사랑을 다시 되돌릴 수 없는 이유도 그 때문이다. 죽음은 비가역적인 과정이다. 사랑의 종말도 그와 마찬가지다. 확장이 끝난 뒤에는 수축이 이어지게 된다. 사랑이 끝나게 되면 우주 전체를 품을 수 있을 만큼 확장됐던 '나'는 원래의 협소한 '나'로 수축된다. 실연이란 그 크나큰 '나'를 잃어버린 상실감이기도 하다.

다락 같던 '나'에게서 벗어나 엉거주춤 관계 속에 집어넣었던 온갖 잡동사니들을 챙겨 원래의 자신으로 돌아가는 일은 우연히 발견한 초등학교 시절의 일기장을 펼쳐보는 일과 비슷하다. 내가 그렇게 농담을 잘하는 사람이었구나, 슬픔이란 유행가 가사에나 나오는 얘기인 것처럼 늘 맑게 웃었구나, 참 떼도 많이 쓰고 참을성도 없었구나 등등의 회한이 들면서 그런 자신을 아련하게 그리워하게 된다. 처음에는 두 사람이 함께 빠져들었지만, 모든 게 끝나고 나면 각자 혼자 힘으로 빠져나와야 하는 것. 그 구지레한 과정을 통해 자신이 어떤 종류의 인간인지 뼛속 깊이 알게 되는 것. 그게 바로 사랑이다.

여러 여자들과 연애하면서 진우는 사랑이란 프리즘과 같은 것이라고 생각하게 됐다. 어쨌든 사랑을 통과하게 되면 자신의 모습은 여러 가지 빛깔로 나누어진다. 그중의 어떤 빛깔이 두드러지는가는 사랑하는 대상에 따라 달랐다. 어떤 여자는 진우가 남자답게 믿음직하다고 했고, 또다른 여자는 질투가 너무 심하다고 했다. 진우가 너무 사소한 것들에까지 신경을 써서 가슴이 답답해 미치겠다고 말한 여자도 있었고, 어쩌면 한 번도 집에 바래다주지 않을 정도로 무심하냐고 비난한 여자도 있었다.

하지만 진실을 말하자면 사랑할 때의 진우는 남자답게 믿음직하기도 하고 질투가 심하기도 하고 너무 사소한 것들에까지 신경을 쓰면서도 한 번도 집에 바래다주지 않을 정도로 무심하기도 했다. 말했다시피 사랑 안에서 일어나지 못할 일은 하나도 없다. 세상의 다른 모든 일들은 나이든 사람들이 잘하지만 사랑에 빠지는 일만은 모험을 겁내지 않는 젊은이들의 전공 분야다. 젊은이들은 아직

자기가 어떤 사람인지 모르기 때문에 자신이 누구인지 말해줄 수 있는 사랑을 찾아 헤매는 것이다.

그런데 문제는 우리가 사랑이라는 관계에서 혼자서 빠져나올 때마다 뭔가를 빼놓고 나온다는 점이었다. 그리하여 사랑이 되풀이될수록 그 관계 속으로 밀어넣을 만한 게 많지 않다는 걸 알게 된다. 그때쯤이면 누구나 자신이 누구인지 더이상 헷갈리지 않게 되는데, 그건 이제 불타는 사랑이란 자신보다 더 어린 사람들의 몫이라는 사실을 인정하는 나이가 됐다는 뜻이기도 하다. 이미 소진됐기 때문에 더이상 사랑에 소진될 수 없을 때, 우리는 사랑 외에 자신이 가장 잘할 수 있는 일을 찾아 나서게 된다. 그래서 인류는 실연의 상처로 멸망하지 않고 여기까지 그럭저럭 굴러온 셈이다.

선영이 "여전히 너는 막무가내구나"라고 말했을 때, 진우는 자신 안에는 수많은 다양한 성격이 있었는데 선영은 막무가내인 사람으로 자신을 기억한다는 사실을 깨달았다.

신촌의 호프집에서 둘이 결혼한다는 말을 들은 그 며칠 뒤, 사전 연락도 없이 무작정 선영이 다니던 통신회사 앞에까지 가서 함께 점심을 먹자고 전화했을 때였다. 바야흐로 진우는 자신의 영혼의 질이 광수와 어떻게 다른지 보여줄 참이었다.

안동찜닭집에서 가졌던 첫번째 만남에서 인상적인 것은 광수가 선영에게 두 번이나 전화를 걸었다는 점이었다. 누구와 밥을 먹느냐는 광수의 질문에 선영은 그냥 친구라고 대답했다. 광수는 더이상 묻지 않고 양가 부모가 상견례를 할 장소로 적당한 몇몇 음식점을 설명하면서 선영의 의중을 떠봤다. 선영은 참을성 있게 몇 분에 걸친 광수의 설명을 다 들은 뒤, 아무래도 독립된 방에서 얘기하면서 음식을 먹을 수 있는 한정식집이 낫지 않겠냐고 대답했다. 그동안 진우는 젓가락에서 자꾸만 미끄러지는 당면과 씨름하고 있었다.

"그래서 걔를 그냥 보낸 거야? 붙잡을 생각도 안 한 거야?"

선영이 말했다. 당면을 먹기 위해 한참 애를 쓰던 진우가 고개를 들고 막 전화를 끊은 선영을 바라봤다. 그제야 진우는 광수에게서 전화가 오기 전에 자신과 선영이 무슨 얘기를 하고 있었는지 생각이 났다. 얼마 전에 헤어진 여자 얘기를 들려주고 있었다. 패밀리레스토랑을 유난히 좋아하던 대학원생이었다. 그때까지 진우와 선영은 광수니 결혼이니 따위의 얘기는 한마디도 꺼내지 않았다.

"응 응 응, 그냥 보냈어. 내 타입이 아니었거든. 알고 봤더니, 음, 그러니까 인, 인내심이 굉장히 부족한 애였어."

같이 잠을 자고 난 뒤로 그 여자애는 하루에도 수십 번씩 진우에게 전화를 걸어왔다. 좀 곤란하다 싶으면 진우는 "밧데리가 다 됐거든"이라고 소리치며 전화를 끊었다. 나이가 들면서 진우는 조금씩 사랑에 빠져들지 못하고 머뭇거리기만 하는 자신을 발견했다. 더이상 관계 속에 채워넣을 것도 없을뿐더러 나중에 관계 속으로 밀어넣었던 걸 혼자서 다시 꺼내는 것도 이젠 지겨웠기 때문이었다.

"너는 아주 인내심이 많잖아."

진우의 말에 선영이 손사래를 쳤다.

"학교 다닐 때, 오래매달리기 삼 초 이상 한 적이 없는데 내가 무슨 인내심이 많아?"

"〈블랙 레인〉, 기억나?"

"〈블랙 레인〉? 그게 뭐야?"

"리들리 스콧이 만든 영화. 마이클 더글러스하고 앤디 가르시아가 나오는 영화. 1989년 크리스마스이브에 명보극장에서 같이 본 영화. 기억 안 나?"

선영이 두렷두렷한 눈을 깜빡거렸다.

"영화 같이 보고 종로까지 걸어나올 때, 너는 액션물 싫어해서 루이 말 감독의 〈여러분, 안녕히〉를 보고 싶었지만 나 때문에 꾹 참고 봤다고 얘기했잖아. 그때 내가 얼마나 미안했는지 아니?"

"하하하. 그건 기억이 안 나고 니가 우리집 앞에서 동네가 떠나가라고 〈얄미운 사람〉 불렀던 건 생각난다. 너 때문에 그날 엄마한테 얼마나 혼났는지 알아? 세레나데 불러주는 남자친구는 못 구할망정 그런 뽕짝 부르는 녀석이나 달고 다닌다고."

"그랬어? 내가 니네 집 앞에서 〈얄미운 사람〉을 불렀어? '사랑만 남겨놓고 떠나가느냐, 얄미운 사람', 이거?"

"그래. 얼마나 창피했는지 몰라. 으이그. 그러나저러나 어떻게 하냐? 잘 사귀어보지. 새를 보려거든 나무를 심으랬다고, 여자 마음 잡으려면 먼저 잘해주기만 하면 되는데."

"나는 너한테 잘해주지 못했니?"

"너? 넌 그냥 막무가내였지. 그래도 좋았어."

진우는 그 수월수월한 대답에 마음이 가뜬해졌다. 선영은 한 손에 휴지를 쥐고 연신 입에 묻은 양념을 훔치면서 찜닭을 먹었다. 여전히 당면만 긁적이던 진우가 문득 젓가락질을 멈추고 밥을 먹는 선영을 한참 쳐다봤다. 선영이 눈썹을 치켜올리고 진우를 바라봤다.

"왜? 왜 그렇게 뚫어지게 봐?"

"렌즈 했니?"

"아하, 나 라식수술 받았잖아. 아침에 눈을 딱 뜨면 세상이 다 보여. 나는 어릴 때부터 안경을 썼기 때문에 그게 얼마나 좋은지 몰라."

"그래서 그런가? 되게 예뻐졌다, 너. 정말 예뻐졌다. 옛날에 뿔테안경 쓰고 데모한다고 쫓아다닐 때는 선머슴애 같았는데. 너무 예뻐졌다. 규태 결혼할 때가 언제야? 그때 보고 못 봤는데, 그사이에 수술한 거야?"

"응."

닭다리를 진우 앞으로 밀어놓으며 선영이 선드러지게 대답했다.

"아, 그랬구나. 어휴, 나만 몰랐네. 어휴, 내가 그때 〈얄미운 사람〉을 불렀구나. 그렇게 막무가내였던 때가 있었구나. 하하하하. 참!"

선영이 밀어놓은 닭다리를 젓가락으로 집으려다가 진우가 말했다.

"그런데, 너 어떻게 광수하고……"

바로 그때 광수에게서 두번째 전화가 왔다. 광수는 밥을 다 먹었냐고 물었고 선영은 찜닭을 먹고 있어서 시간이 오래 걸린다고 대답했다. 점심에 무슨 찜닭을 먹냐고 광수가 말했다. 닭고기를 좋아하는 남자를 만나서 그렇다며 선영이 둘러쳤다. 광수는 헛기침만 몇 번 내뱉었을 뿐, 한동안 말이 없었다. 참다못한 선영이 왜 전화했냐고 물었더니 광수는 보고 싶어서 전화했다고 대답했다. 선영을 만나게 된 것은 연속식 복권에 당첨된 것과 마찬가지라고. 그 말에 선영이 깔깔거렸다. 선영은 이따가 저녁에 만날 테니까 그때까지만 참으라고 얘기했다. 전화를 끊은 뒤에야 선영은 진우가 뭐라고 중얼댄다는 걸 알아차렸다.

"왜 그래?"

진우가 신경질적으로 대답했다.

"아니, 이 당면이 잘 안 잡히잖아. 이제 닭고기도 못 먹겠다, 물려서. 그런데 이 당면은 왜 이렇게 미끄럽게 만든 거야. 참 내. 내가 왜 이러지?"

진우가 젓가락을 소리나게 내려놓았다.

그 며칠 뒤, 진우는 다시 선영에게 전화했다.

"우리 만나자. 점심 얻어먹었으니까 이번에는 내가 한번 살게."

"가난한 소설가가 무슨 돈이 있다고 그래."

"나, 책 되게 잘 팔려. 너희들은 잘 모르겠지만, 이쪽에서는 그래도 유명해. 한 서태지 정도 된다고 생각하면 돼. 가요계로 치자면."

"광수가 너 소득세도 못 내고 산다던데?"

그 말에 진우가 발끈했다.

"그 새끼는 무슨 말을 그렇게 하냐? 소득세를 내가 내냐? 출판사가 내는 거지."

"니가 돈 버는데 왜 출판사가 소득세를 내?"

"몰라. 원래 출판사가 다 알아서 하는 거야, 그런 거는. 작가는 돈 보기를 돌같이 해야지 명작을 쓸 수 있는 거거든. 우린 예술가잖아. 암튼 내가 한번 쏠 테니까 우리 만나자, 응? 저기, 삼청동에서 보자. 너, 옛날에 그 길 좋아했잖아."

"그러지, 그럼. 광수하고 얘기해봐서 시간 잡아볼게."

"아니 아니, 잠깐 내 말 좀 들어봐. 너한테 줄 게 있어서 그래. 광수가 알면 안 되는 거거든. 광수하고는 내가 따로 한번 자리를 마련할게. 광수 걔, 돼지 부속 좋아해서 내가 봐둔 데 있거든."

"돼지 부속이 뭐야?"

"것도 모르면서 결혼하려는 거야? 돼지의 몸 중에서 인간이 먹을 수 있는 살코기를 제외한 모든 것. 껍데기, 허파, 염통 같은 것. 광수가 그런 걸 좋아하잖아. 여름에는 아마 이틀돌이로 먹을걸. 몸

보신한다고."

"으이그, 그런 걸 어떻게 먹어?"

"내 말이 그 말이지. 우리하고는 영혼의 질이 좀 다르거든. 암튼 금요일 저녁 일곱시 현대갤러리 앞. 어때?"

하지만 약속한 날 아침, 선영은 진우에게 전화해 갑자기 회식이 생겨서 나갈 수가 없다고 잘라 말하곤 얼른 끊어버렸다. 물론 마음만 먹었다면 회식은 빠질 수도 있었다. 문제는 자기가 두 번씩이나 광수 몰래 혼자서 진우를 만나는 게 옳은 일인지 모르겠다는 점이었다. 그렇게 더이상 만나면 안 된다는 생각이 강하게 들다가 어느 정도 선을 넘어 들어가게 되니까 그건 광수한테 미안해서 그런 것이라고 바뀌더니 마침내는 그런 마음을 일컬어 죄책감이라고 부른다는 깨달음에까지 이르렀다.

거기가 진우를 혼자 만난다고 했을 때 드는 불편한 마음의 제일 밑바닥이었는지 마음은 정구공처럼 다시 툭 튀어올랐다. '왜 벌써부터 내가 죄책감을 가져야 하지? 진우는 광수에게나 내게나 같은 과 동기인데? 광수도 명희 같은 과 동기를 만나면 내게 죄책감을 가질까?' 그런 마음이 드니까 선영의 가슴 한쪽이 답답해지기 시작했다. 진우가 한번 더 전화하면 만날 생각이었는데, 며칠이 지나도 진우는 전화하지 않았다. 선영은 그 며칠 동안 늘 핸드폰을 손에 들고 다녔다. 선영은 그 며칠 동안 라식수술 하기를 잘했다는 생각을 자주 했다.

마지막이라는 말보다 더 슬픈 말을

선영에게서 야근 때문에 늦을 것이라는 전화가 온 날, 광수는 디스펜서가 달린 칠백이십 리터급 월풀 투도어 냉장고의 양쪽 문을 활짝 열어젖혔다. 한번 사면 최소한 십 년은 써야만 한다는 선영의 주장 때문에 들여놓은 물건이었다. 말이 냉장고지, 한 면 전체를 여닫이문으로 만든 작은 창고와 비슷했다. 그 큰 냉장고 안에 온갖 음식들이 빼곡하게 들어차 있었다. 그게 바로 신혼 가정의 힘이었다. 광수는 냉장고 오른쪽 문 안쪽 포켓에 있던 캔맥주와 치즈를 들고 거실로 갔다. 광수는 거실의 형광등을 모두 밝힌 뒤, 미리 펼쳐놓은 교자상 쪽으로 갔다. 교자상 위에는 결혼식 때 찍은 사진이 잔뜩 펼쳐져 캔맥주와 치즈를 내려놓을 자리도 없었다. 광수는 펼쳐진 사진들을 한쪽으로 밀며 공간을 만들었다.

광수는 일단 마개를 따고 맥주를 길게 들이켰다. 그래도 가슴을 옥죄는 칀칀한 느낌만은 가시지 않았다. 애당초 맥주 따위로 가실 갈증이 아니었다. 캔맥주를 다시 내려놓은 광수는 교자상 한가운데에 있는 사진들을 집었다. 신부대기실에서 찍은 그 사진들을 촬영시간에 따라 배열하면 다음과 같았다. 우선 감색 양복에 흰 장갑을 낀 아버지와 고동색 저고리에 옅은 달걀빛 치마를 입은 어머니가 분필을 바른 듯 뽀얗게 신부화장을 한 선영의 뒤에 서서 사진을 찍었다. 아마도 살아오면서 셋이 찍은 사진 중에서 그보다 더 굳은 표정으로 찍은 사진은 없을 듯했다. 셋의 공통점은 다들 꽃을 가슴에 꽂았거나 들고 있다는 점이었다. 그다음은 같은 과 동기들인 인혜, 승자, 명희, 지은이 선영 뒤에 서서 찍은 사진이었다. 친구들이 활짝 웃거나 적어도 입가에 웃음을 잃지 않은 것에 비해 선영의 표정은 여전히 굳어 있었다. 하지만 친정 부모와 찍은 사진에 비하면 긴장한 표정 정도라고 해둘 수 있었다.

그다음은 선영의 언니 부부와 함께 찍은 사진이었다. 역시 굳은 표정의 선영 뒤로 왼쪽부터 첫째 민지, 언니, 형부, 형부가 안은 둘째 슬기가 보였다. 두 부부가 이를 드러내고 웃는 것에 반해 두 아이들은 멀뚱한 표정이었다. 이번에는 선영의 고등학교 동기들이 뒤에 서 있었다. 광수는 제일 오른쪽에 선 친구밖에는 이름을 알지 못했다. 그녀의 이름도 선영이었다. 학교 다닐 때, 그 친구는 작은 선영이었고 선영은 큰 선영이었다고 했다. 금테안경을 쓴 작은 선영은 큰 선영이 앉은 신부대기실 하얀 의자를 왼손으로 꽉 잡은 채, 웃고 있었다. 그다음은 광수가 잠시 신부대기실을 찾았을 때, 선영과 찍은 사진이었다. 사진을 찍어준 규태가 "신랑 입이 찢어지겠다"며 판에 박은 결혼식용 농담을 하자, 촬영 때문에 규태의 뒤로 물러서 있던 선영의 친구들이 판에 박은 웃음소리로 웃었다. 덕분에 광수와 선영 역시 판에 박은 신랑 신부용 미소를 띠며 사진을 찍었다.

그 시점에서 광수는 다시 맥주를 들이켰다.

플래시가 터진 뒤, 광수의 눈에는 무엇이 보였을까? 그건 바로 플래시의 잔상이 사라지기도 전에 서풋하게 모습을 드러낸 진우였다. 마치 자신이 신랑이라도 되는 양, 말쑥하게 폴 스튜어트 다크블루 슈트를 차려입은 진우는 규태의 등뒤에 서서 광수와 선영을 향해 천천히 손을 흔들었다. 폴 스튜어트 정장을 사는 데, 진우는 정확하게 소설책 2750권을 팔아야만 받을 수 있는 인세에 해당하는 돈을 쏟아부었다. 말 그대로 '쏟아부었다'. 왜냐하면 그건 진우가 한 권의 책을 펴내고 받을 수 있는 인세의 대부분이었기 때문이었다. 하지만 애당초 진우는 그런 걸 생각하는 부류의 인간이 아니었다. 진우는 자신이 갖고 싶은 것의 가격을 십분의 일이나 이십사분의 일이나 많게는 삼십육분의 일로 나눠서 생각하는 부류의 인간이었다. 그런 마술을 거치면 폴 스튜어트도 진우의 눈에는 이십만원대로 보였다. 물론 할부이자라는, 별로 탐탁하지 않은 부산물이 생기기는 하지만.

"야, 뭐 세탁소에서 빌려온 양복이냐?"

광수가 퉁명스런 목소리로 야즐거렸다. 진우는 '폴 스튜어트 다크블루 슈트에 어울리는 웃음이란 바로 이런 것입니다'라는 캡션이 필요한 웃음을 지었다. 그러면서 진우는 광수가 동네 세탁소에서 신랑 양복을 빌린 것은 아닐까 의심했다. 진심으로.

"최고의 신부를 위해서는 최고의 양복이 필요한 법이지. 규태야, 나도 선영이하고 사진 좀 찍자."

광수의 말에는 대꾸도 하지 않은 채, 진우가 규태에게 번죽거렸다.

"숫제좋기는. 니가 장가가냐, 인마. 그리고 이건 뭐야? 꽤나 비싸 보인다. 너, 요새도 정신 못 차리고 사나보지?"

규태가 진우의 양복 소매를 손가락으로 집으며 흉잡았다.

"폴 스튜어트야. 별로 안 비싸."

"그거 되게 비싼 브랜드잖아요. 백도 넘을 텐데."

신부대기실 한쪽에 서 있던 작은 선영이 금테안경을 추어올리며 말했다.

"그래요? 다른 사람도 아니고 제가 남에 없이 좋아하는 여자 친구 선영이의 결혼식인데, 이 정도는 입어야죠."

"어머, 제 이름도 선영인데요……"

혀를 낼름거리며 작은 선영이 맞받았다. 진우는 태깔스럽게 작은 선영을 바라보다가 다시 폴 스튜어트 다크블루 슈트에 어울리는 웃음으로 돌아갔다. 선영은 흰 장갑을 낀 손으로 입을 가리고 웃었다.

"쟤가 문학계의 서태지란다. 하지만 사랑이 뭔지도 모르는 남자니까, 선영이 너도 조심해라. 암튼, 쟤 엉뚱한 건 옛날부터 알아줬는데, 여전해. 진우야, 이리 와봐. 마지막으로 같이 사진이나 찍자."

"마지막이라는 말보다 더 슬픈 말을 나는 알지 못합니다. 내 곁에 있어야 할 사람이 없음보다……"

진우의 읊조림이 끝나기도 전에 규태가 진우의 머리를 쥐어박을 듯 손을 들었다.

"유치찬란하기는. 그러고도 네가 문학계의 서태지냐? 진짜 신랑은 여기 있는데, 어디서 수작이냐? 정신 차려, 인마. 이분도 이름이 선영이시라잖아."

"어머머. 결혼은 아무하고나 하나. 마음이 맞아야 하지."

작은 선영의 말에 다들 웃음을 터뜨렸고 진우는 뜨악한 표정을 지었다. 작은 선영의 얼굴이 빨갛게 물들었다. 식장 입구에 서서 하객들의 인사도 받아야 했던 만큼 광수는 계속 신부대기실에서 미루적거릴 수가 없었다.

"선영아, 조금 있으면 식 시작하니까 준비 잘해라. 그리고 너희들도 쓸데없는 소리 하지 말고 할 일 없으면 선배들이나 선생님들 좀 챙겨."

그렇게 말하고 광수가 신부대기실을 나와 다섯 걸음쯤 걸어갔을 때, 진우의 노랫소리가 멀리멀리 울려퍼졌다. 사랑만 남겨놓고 떠나가느냐, 얄미운 사람. 슬픈 음악처럼 이 마음 울려놓고 저멀리 떠나간 사람. 그다음에는 신부대기실이 떠나갈 듯 요란스런 웃음소리가 들렸다.

광수는 남은 캔맥주를 한 번에 다 비워버렸다. 허청거리며 냉장고 앞까지 걸어간 광수는 새 캔맥주를 꺼내 왔다. 신부대기실에서 찍은 사진은 이제 두 장이 남았다. 두 사진은 모두 진우와 선영을 찍은 사진이었다. 첫번째 사진을 잘못 찍었기 때문에 한번 더 찍은 것이다. 첫번째 사진을 왜 잘못 찍었는가? 사진상으로는 선영의 얼굴이 제대로 나오지 않았기 때문이었다. 선영은 오른손을 눈가에 갖다 대고 있었다. 선영의 눈에 눈물이 맺힌 모양이었다. 너무 웃어서 눈물이 났던 것일까? 그게 아니라면……

광수는 새 캔맥주의 마개를 따고 단숨에 들이켰다. 그게 아니라면 진우가 아니라 자신과 결혼하게 된 게 후회스러워 눈물을 흘렸던 것일까? 광수는 선영의 뒤에 서서 눈가를 매만지는 선영을 내려다보며 뭐라고 입을 놀리는 진우를 아련하게 들여다보다가 고개를 들어 거실 벽에 걸린 야외촬영 사진 쪽으로 눈길을 돌렸다. 한복을 차려입고 서로 마주보고 웃는 광수와 선영의 사진이 걸려 있었다. 사진이 조금씩 흐려졌다. 광수는 고개를 흔들고 다시 두번째 사진을 바라봤다. 모르는 사람이 봤더라면 그들이 신혼부부라고 생각할 만했다. 그 사진에서 선영은 처음으로 활짝 웃었다. 첫번째 사진에서나 두번째 사진에서나 선영이 웃고 있기는 마찬가지였지만, 중요한 차이가 있었다. 첫번째 사진에서 선영의 볼은 다른 사진과 변화가 없었는데, 두번째 사진에서는 홍조를 띠고 있었다.

더 중요한 점은 첫번째 사진에서 선영이 든 부케는 아무런 이상이 없었는데, 두번째 사진에서는 꽃 한 송이가 꺾여 있었다는 사실이었다. 그러니까 팔레노프시스는 첫번째 사진과 두번째 사진을 찍는 그사이에 꺾어진 셈이었다. 그리고 그건 선영의 볼에 생긴 홍조와 관련이 있는 것 같았다. 광수의 얼굴이 금방 확 달아올랐다. 원래 술이 약하기도 했지만, 그것만으로 토마토보다도 더 시뻘게진 그 얼굴을 설명하기에는 곤란한 점이 많았다. 그건 아름다운 여자를 자신만이 소유했다고 믿는 모든 남자들이 두툼한 지갑과 함께 늘 지니고 다녀야만 하는 감정인, 질투심 때문이었다.

사랑한다고 말할 때, 우리가 깨닫게 되는 몇 가지

하지만 질투심이 아니라 사랑에 대해서 조금 더 얘기해보자. 물론 홈런을 치고 1루를 향해 달려가는 이승엽처럼 사랑에 대해 얘기하다보면 다시 질투심의 문제로 귀결되겠지만. 사랑에 대해 얘기한다는 건 닭고기에 대해 얘기하는 것과는 당연히 다르다. 양계업자나 정육업자를 제외하면 닭고기에 대해서 말하다가 자신의 정체성을 발견하는 경우는 극히 찾아보기 힘들다. 하지만 사랑에 대해서 말하다보면 누구나 필연적으로 자신의 정체성을 드러낼 수밖에 없다. 사랑이 입을 열면, 우리는 그 안에서 자신의 정체성을 발견할 수밖에 없다. 그건 우리가 사는 사회가 현대이기 때문이다.

폭격으로 전기 공급이 완전히 차단된 무방비도시가 현대사회라면, 그 어둠 속에 혼자 고립된 채 살길을 찾아 나서는 게 바로 우리 삶이다. 상대방의 신원을 확인할 수 없는 상황에서 자신이 누구인지 밝히는 일은 지극히 위험한 일이기 때문에 현대인은 취향도 없고 견해도 없는 신원 미상의 군중으로 바뀔 수밖에 없다. "당신이 누구인지 삼십 초 안에 설명하시오"라고 누군가 물어본다면 일단 그 말을 하는 사람이 누구인지 거들떠보는 데 아까운 이십오 초를 허비해야만 한다. 그리고 나머지 오 초 동안, 되도록 그 사람과 비슷한 사람으로 자신을 소개해야 한다.

이 일을 제대로 못하는 사람들이 있다. "나는 너희들 같은 부류의 사람이 아니야"라거나 "나에 대해서 알려고 들지 마" 등의 대답을 하는 경우다. 그중에서도 심각한 증상을 보이는 사람들을 위해서는 멋진 재교육 시설이 준비돼 있다. 교도소라거나 정신병원이라거나 문패에 적힌 이름은 다 다르지만, 대개 성까지 붙여서 이름을 부르는 사람들의 호위를 받으며 문은 문이되 밖에서만 열 수 있는 문이 달린 방으로 들어가 몇 년 동안 자기가 누구인지 설명할 수 있는 요령을 익힌다는 점은 똑같다. 요령은 무엇인가? 첫째, 묻는 사람이 누구인지 파악하라. 둘째, 지금 자신이 어떤 처지에 있는지 똑바로 인식하라. 셋째, 가능하면 먼저 질문하라. 주의사항. 절대로 자신이 누구인지 따져보지는 말라.

하지만 어떤 사람을 향해 "사랑해"라고 말한다면 그건 이미 자신이 누구인지 생각해봤다는 뜻이다. 사랑을 고백하는 일은 아무도 없는 나이트클럽 무대에서 화려한 조명을 받으며 단 한 사람만을 위한 춤을 추는 일과 흡사하다. 이때 자신이 어떤 종류의 인간인지 한눈에 드러날 수밖에 없는데, 애정이 없다면 도저히 눈뜨고 볼 수 없을 지경이다. "사랑해", 그 대담한 말을 통해 우리가 전하고자 하는 메시지는 간단하다. 나는 네가 누구인지 모른다. 하지만 내가 먼저 누구인지 보여주겠다. 이번에는 네가 너를 보여줄 차례다. 그래서 "사랑해"라는 말을 들었을 때, 사람들의 반응은 둘 중 하나다. 기꺼이 자신을 드러내거나 못 들은 걸로 치거나. 못 들은 걸로 치겠다, 그건 '나한테 네가 누구인지 설명하지 마라, 우리 사이는 사회적인 관계다'라는 뜻이다.

여기서 우리가 주목해야만 할 단계는 나이트클럽 플로어를 비비며 강종거리기 바로 직전이다. 다른 사람에게 자신의 모습을 보여주려면 필연적으로 다른 사람의 시선을 의식하며 연습하게 마련이다. 나이트클럽 화장실에서 연습하든, 자기 방에서 러닝셔츠 바람으로 연습하든, 연습할 때는 객관적으로 자신의 모습을 비춰줄 거울이 필요하다. 왜냐하면 자신의 눈이 아니라 '그 사람'의 눈으로 자신을 바라봐야만 하기 때문이다. 거울을 들여다볼 때, 우리는 천산지산 갈라졌던 자신의 정체성을 추슬러 하나의 '나'로 끼워맞추는 조련찮은 수고를 해야만 한다. 그러므로 "사랑해"라고 말할 수 있다는 건 온전한 하나의 정체성을 되찾는다는 뜻이다.

우리가 조선시대에 살고 있다면 자신의 정체성을 먼저 파악할 필요가 없다. 춘향이는 빛의 속도보다도 더 빠르게 방자가 신임 사또의 자제가 아니라는 것을 알아차린다. 왕후장상에도 씨가 있기 때문에 서자라면 아들에게도 호부호형을 허할 수 없는 이런 시대에는 입고 있는 옷을 힐끗 보는 것만으로도 자기가 누구인지 금방 알아차릴 수 있다. 춘향을 찾아 춘향의 집까지 찾아간 이팔청춘 이몽룡이 춘향 앞에서 제일 먼저 한 일은 두 손으로 배를 움켜잡고 비명을 지르는 일이었다. 월매가 기가 막혀 급체인가, 회충인가 묻자, 이도령은 이렇게 대답한다. 전부터 배탈이 나게 되면 뜨뜻한 배를 대면 괜찮던데. 월매가 더 기가 막혀 말하기를, 여보 그렇다면 문제있나, 내 배나 맞대어보세. 월매 말에 이도령 이르기를, 그만두게, 쓸데없네, 늙은이 배는 소용없네.

물이 내려오면 곧장 하수구로 뿜어내는 배수관처럼 명쾌하기 그지없는 사랑이 아닐 수 없다. 낮에 그네 타는 것을 보고 밤에 찾아가 "어허둥둥 내 사랑, 태산같이 높은 사랑, 하해같이 깊은 사랑, 동기동기 내 간간이지, 이리 좀 보오, 내 사랑이지"라고 노래 부를 수 있는 경우는 겉모양이 바로 그 사람의 정체성을 나타내는 경우뿐이다. 어떤 점에서, 그러니까 자신이 양반의 자제로 태어날 수 있다고 보장만 해준다면, 봉건사회는 우리가 잃어버린 낙원일 수 있다. 인류가 봉건주의라는 기나긴 터널을 빠져나오게 되면서 누구나 양반의 자제가 될 수 있는 자유의 시대가 펼쳐지자 역설적이게도 낙원은 영영 우리 곁을 떠나버렸다. 문제는 모든 사람이 양반의 자제가 되면서 인류는 자기 얼굴을 잃어버리게 됐다는 점이었다.

그러므로 사랑을 하기 위해서 우리가 제일 먼저 해야 할 일은 〈사랑가〉를 부르며 바지 지퍼를 내리거나 브래지어 호크를 푸는 일이 아니라 자신이 누구인지 알아내는 일이다. 자신이 누구인지 자신 있게 드러낼 수 있어야만 상대방이 수많은 양반 자제 중에서 자신을 알아볼 게 아닌가? 그러므로 다시 한번, "사랑해"라고 말한다는 건 자신이 누구인지 알아냈다는 뜻이다. 사랑의 대상보다 자신을 먼저 사랑하기 시작했다는 뜻이다. 기형도는 「그 집 앞」이라는 시를 이렇게 끝냈다. "이 세상에 같은 사람은 없네/그토록 좁은 곳에서 나 내 사랑 잃었네." 「비가 2」에서는 이렇게 끝을 냈다. "세상은 온통 크레졸 냄새로 자리잡는다. 누가 떠나든 죽든/우리는 모두가 위대한 혼자였다. 살아 있으라, 누구든 살아 있으라." 왜 기형도는 이 세상 누구와도 닮지 않은 위대한 혼자에 대한 얘기로 시를 끝맺었을까? 사랑이 끝나면 자신에 대한 사랑만이 남게 되기 때문이다. 애당초 "사랑해"라고 말하기 위해 거울을 보며 연습할 때 봤던 그 얼굴을 향한 사랑만이. 1982년 8월 28일, 기형도는 일기장에 "언제나 나는 진실로 연애다운 사랑을 할 것인가"라고 썼지만, 그런 점에서 그는 늘 연애중이었다.

꽃에는 입술이 없지만 자신을 바라보라고 말한다. 사랑에는 혀가 없지만 네가 누구인지 먼저 알아내라고 종용한다. 사랑을 통해 우리는 저마다 위대한 개인으로 자란다. 거울에 비친 그 위대한 개인을 사랑할 때 우리는 다른 사람을 향해 단호한 어조로 "사랑해"라고 말할 수 있다. 우리가 지구에서 얼마나 멀리까지 갈 수 있느냐는 미항공우주국의 업무지만, 우리가 얼마나 깊이 사랑할 수 있느냐는 스스로 대답할 문제다. 그건 우리가 얼마나 자신에 대해 깊이 알고 있느냐, 혹은 우리가 얼마나 자신을 깊이 사랑하느냐에 달린 문제다. 사랑은 우리의 평생교육기관이다. 주민등록번호를 통해 성인 인증을 거쳐야만 입학할 수 있는 성인들의 학교다. 자신이 누구인지 알아낼 때까지 우리는 계속 낙제할 수밖에 없다. 죽는 순간까지도 우리는 자신이 누구인지 알아내지 못할 테니, 결국 우리가 그 학교에서 졸업할 수 없다는 사실을 받아들여야만 한다.

그러므로 다시 한번, "사랑해"라고 말한다는 건 자신을 먼저 사랑하기 시작했다는 뜻이다. 자신을 먼저 사랑해야만 '진실로 연애다운 사랑'을 할 수 있다는 사실을 깨달았다는 뜻이다. "사랑한다는 것은 자신의 운명을 추구하는 것…… 자신의 자아를 저 밑바닥까지 찾아 헤매는 것이다"라고 말한 사람은 울리히 벡과 엘리자베트 벡-게른스하임 부부다. 우리는 사랑의 학교에 앉아 현대사회라는 불확실한 무방비도시에서 살아남는 법을 배우게 된다. 세상을 바꾸는 건 이 학교의 모범생들이다. 이 모범생들은 꽃다발과 샴페인과 밸런타인 카드가 있던 자리에 대중심리서와 부부클리닉과 자기계발서를 갖다놓는 식으로 신학기 환경미화 활동을 끝맺는다. 그리하여 우리는 탈낭만적인 사회로 들어가게 되는 것이다.

사랑하는 방식은, 그리고 그 사랑을 통해 자아를 찾아내는 방식은 다 똑같다. 1989년, 평양축전에 참가하기 위해 서울을 떠나기 전 임수경은 애인에게 다음과 같은 편지를 썼다. "그대가 나에게 루카치를 건네주셨을 때부터인 것 같습니다. 내가 그대를 사랑하게 된 것은 확실히 그때부터였습니다." 루카치를 준 사람에 대한 사랑의 감정과 평양의 동족에게 느낀 사랑의 감정은 다 똑같다. 선영과 진우와 광수가 처음으로 사랑을 배우던 1989년의 키워드는 애국이라는 단어였다. 그건 자신의 조국을 사랑한다는 집단적인 고백이었다. 캠퍼스 광장이나 경의선 철길이나 명동성당에서 집단적으로 "사랑해, 조국아"라고 외칠 때, 그건 다시 한번, 자신들이 누구인지 알게 됐다는 뜻이다. 자신들을 먼저 사랑하기 시작했다는 뜻이다. 자신들을 먼저 사랑해야만 '진실로 연애다운 사랑'을 할 수 있다는 사실을 깨달았다는 뜻이다.

삼차방정식 그래프를 그리는 일이나 주기율표를 작성하는 일은 곧 까먹겠지만, "사랑해"라고 말한 경험은 영영 잊혀지지 않는다. 그때 우리는 자신이 누구인지 알 수 있었기 때문이다. 광수와 선영이 결혼하던 2002년에 벌어진 일들, 즉 월드컵의 열기와 노무현 대통령의 당선에 대해 후세의 역사가들은 다양한 견해를 내놓겠지만, 그건 집단적으로 "사랑해"라고 말했던 경험에서 비롯된 일들이었다. 사랑의 학교에서 자신이 누구인지 배웠기 때문에, 자신을 먼저 사랑하는 법을 익혔기 때문에 비롯된 일들이었다. 하지만 그 사랑의 경험 때문에 광수와 선영의 집들이 행사가 너더분해진 것만은 유감스러운 일이었다. 하지만, 선영에 대한 진우의 사랑 때문에 집들이가 엉망이 된 것이라고 생각하면 대단한 오해다. 그건 조국에 대한 진우 세대의 열렬한 사랑, 지금도 이어지는 그 도도한 애국의 열정 때문이었다.

니가 더 나빠, 이 또라이 새끼야!

“진우야, 옛날에 운동하던 사람 중에 박정일이라고 들어본 적 있냐?”

“권투선순가?”

“아니, 학생운동 말이야.”

“아하, 학생운동이라고. 그게 언젯적에 부르던 노래냐? 김정구 옹께서 ‘두만강 푸른 물에’를 부르던 시절이냐, 이미자 여사께서 〈섬마을 선생님〉을 부르던 시절이냐? 박정일? 들어본 바 없다. 설사 그런 사람이 있었다고 하더라도 지금 내가 무슨 수로 기억하겠냐? 누구냐?”

“우리 회사에 새로 이사로 온 84학번 떠버리 새낀데, 종묘에서 노인들 상대하는 약장수처럼 어찌나 시답잖은 소리를 많이 지껄이는지 눈꼴이 시어서 말이야. 처음 환영회 자리에서 그러더라구. 박노해가 사노맹 때문에 잠수함 탈 때, 자기가 비밀 아지트를 제공했다고. 그 씨발놈 말로는 전국 방방곡곡에 있는 자기 아버지 집이 베니건스 영업점보다 더 많대."

바야흐로 대망의 영문학과 89학번 2002년 송년회 겸 광수와 선영의 집들이가 열린, 12월 초의 서늘한 밤이 점점 더 깊어가고 있을 무렵, 인터넷업체에서 일하는 태현이 그렇게 말꺽지를 땄다. 저녁상을 물리고 술상을 차리자마자 진우가 돌린 폭탄주 때문에 이미 다들 술이 웬만큼 취해 있었다. 초저녁부터 노래방으로 가자고 소리를 지르던 광수는 잠을 자는지 생각에 잠겼는지 소파에 등을 대고 눈을 감은 채 꼬빡거리고 있었고, 여자들을 제외한 나머지 사람들도 눈을 감지 않았을 뿐 평상시의 온전한 정신은 이미 꺼져 있었다.

"내가 그래서, 야잇 씨발놈아, 그럼 말 탄 호랑이랑 손잡고 팔도 유람이나 다니지, 월급도 쥐꼬리만한 구멍가게를 직장이라고 기어들어왔냐?"

"너, 드디어 더 좋은 직장 구했구나?"

규태가 마른오징어 다리를 뜯으며 물었다. 태현의 인생에서 가장 어리숙한 결정은 대기업에 잘 다니던 2000년, 떼돈을 벌어보겠다는 풍운의 꿈을 안고 이른바 닷컴기업으로 직장을 옮긴 일이었다. 일 년도 지나지 않아 태현의 주업무는 매일 아침이면 메일함을 가득 채우는 구직업체의 안내메일을 하나하나 들여다보는 일이 됐다. "고태현님을 위한 오늘의 구인정보입니다", 클릭, 딜리트, 클릭, 딜리트……

"……라고 혼자 생각했다는 거지. 서로 얘기를 나눈 지 십 분도 지나지 않아 현대사회에서 인간을 신뢰한다는 게 얼마나 위험한 일인가를 몸소 보여준 인간은 내 인생에 그 인간이 처음이자 마지막일 거야. 박노해는 사상적 동지고 조용필은 절친한 선배, 정몽준은 인생의 스승이래. 더 웃긴 것은 지 아버지 집이 하도 많아서 전국 어디에 몇 채가 있는지도 모른다고 떠벌리던 새끼가, 지 말대로 하자면, 서울지검 김모 공안검사의 악랄한 획책으로 수배가 떨어졌을 때는 갈 곳이 없어서 경남하고도 양산 어딘가까지 기어들었다는 거지. 그러면서 서울지검 김모 공안검사가 북한에는 김정일, 남한에는 박정일이라고 그랬다는 얘기가 지금도 운동권들 사이에서는 전설처럼 내려온다고 떠벌리더라. 그래서 진우, 너는 아는가 싶어서 물어본 거야."

"공안검사 비트 파는 소리 하네. 북한에는 김정일, 남한에는 장정일이지. 문학도 모르는 것들이 잘난 척하기는."

진우가 혀가 꼬인 목소리로 쥐어쳤다.

"아니지. 북한에는 오진우, 남한에는 최진우지."

규태도 만만치 않게 꼬인 혀로 내질렀다. 강남 학원가에서 강사 생활을 하는 규태의 인생 목표는 한국을 떠날 수 있을 만큼의 돈을 모으는 일이다. 최종 목적지는 스코틀랜드의 에든버러. 일정은 죽는 그날까지.

"그런데 오진우는 죽었잖아, 이 씨뱅아. 세대교체가 시대정신이 된 판국에 얻다 대고 항일게릴라 출신을 들이미는 거야?"

"호랑이 입보다 사람 입이 더 무섭다더니. 오진우야 총이라도 잡았지, 새끼야. 넌 일제시대에 태어났으면 주둥이로 독립운동했을 놈이야."

규태가 자신의 말을 쏘아붙이자, 진우는 껄껄거렸다. 남자들이 수런거리며 떠들어대자, 안방에 들어가 선영이 면세점에서 사온 외제 화장품을 살펴보며 자기들끼리 얘기하던 명희와 선영과 인혜가 거실로 다시 나왔다.

"광수는 벌써 자는 거야?"

술상 앞에 앉으며 명희가 물었다. 선영과 인혜도 자리를 잡고 앉았다.

"쟤는 술이 종교야. 술만 마시면 묵상에 들어가야 되거든."

규태가 말했다. 태현은 계속 말을 이었다.

"그 이사 놈이 첫사랑이랍시고 나불대는 얘기는 또 얼마나 유치한 줄 아냐? 여직원들만 있으면 줄기차게 얼레발치는데, 듣고 있노라면 〈모래시계〉가 따로 없다니까. 웬만큼 분위기가 제 뜻대로 돌아간다 싶으면 술을 한 잔 들이켠 뒤에 여직원에게 이렇게 말하지. 모든 걸 버리는, 그런 사랑 해봤니? 인습과 관습을 뛰어넘는 위대한 사랑. 온몸을 불태우는 그런 사랑. 우리 한번 그런 사랑을 불태워볼까? 우리 둘이서만. 좆까라, 씨발놈아. 어떤 미친년이 하필이면 유부남이랑 인습과 관습을 뛰어넘어 위대한 사랑을 불태운다냐? 그 이사 놈이 하도 추저분하게 구니까 여직원들이 같이 물도 안 마셔. 그러니까 이 새끼가 똥 진 오소리라고 자꾸 나를 붙잡고 술을 마시지. 만날 야근하다가 모처럼 일찍 들어가려고 하면 이 새끼가 붙잡는 거야. 그렇게 붙잡히면 보통 새벽 두시야. 가정파괴범이 따로 있는 게 아니야. 이 새끼는 집에서 기다리는 사람도 없나 싶었더니만 아니나 다를까 별거중이더구만."

"그래서 그 인간이 너를 사랑하는 모양이네."

진우가 낄낄댔다.

"사랑이 인간에 대한 예의를 저버리게 만드는 것이라면 그럴 수도 있겠다. 하지만 나는 마더 테레사가 아니야. 정신병자를 사랑하는 유전자는 타고나지 않았다구. 암튼 늦게 들어간다고 마누라는 바가지 긁어대지, 술로 몸은 망가지지, 그 자식 내리엮는 구라로 정신은 혼미하지, 앞으로는 절대로 그 자식과 술을 마시지 않겠노라고 맹세하던 차에 또 끌려가게 됐어. 술자리에 가면 만날 뻔한 얘기만 하거든. 땅부자인 아버지와 땅따먹기 하느라 생기는 갈등, 학창 시절 도피생활 할 때 보여준 용맹스런 전사의 결기, 아직도 육체적 후유증에 시달리게 하는, 첫사랑과의 잊지 못할 추억. 일 퍼센트의 진실이 있을지는 모르지만, 나머지 구십구 퍼센트는 생구라들이야. 밥풀로 잉어를 낚을 수는 있을지 몰라도 나는 속일 수 없지. 그 씨발놈 집에까지 가봤으니까. 그런데 이 가정파괴범이 그날은 색다른 얘기를 하더라. 이제까지는 자기가 술값을 냈으니까 내가 남자라면 한 번은 술을 사라는 거야. 마시기도 싫은 술 마셔가면서 그 불쌍한 인생 역정 들어준 걸 돈으로 청구하면 전국에 있는 파파이스를 다 인수할 수 있을 거다. 하지만 좋다. 그래, 나도 남자다. 과장인 내가 민주화운동의 상처로 괴로워하는 이사에게 한번 쏜다."

"너, 뭐 약점 잡힌 거 있니? 아무리 이사라지만, 뭐가 아쉬워서 그렇게 끌려다니냐? 그 이사가 너 승진이라도 시켜준다고 했냐?"

명희가 태현에게 눈을 흘기면서 면박을 줬다. 학습지회사에 다니며 혼자 사는 명희는 최근 인생 설계를 새로 하다가 자신에게는 종신보험이 아니라 연금보험이 필요하다는 사실을 깨달았다. 아마도 그런 결정을 내리는 데는 인혜의 이혼이 큰 역할을 했을지도 모른다.

"야, 너도 직장생활 하면서 그걸 모르냐? 이사가 술 마시자는데, 거절할 명분이 별로 없어서 몇 번 마신 것뿐인데, 그 또라이 새끼가 자기편이라고 착각한 거지. 그리고 야, 내가 갈 데가 없어서 거기서 미적대고 있는 거지, 승진시켜준다고 뭐 좋아할 것 같냐? 그때 대박을 꿈꾸고 그 좋은 회사에서 나온 게 내 인생에는 가장 큰 동티였다. 아유, 씨발. 그 자식 덕 볼 일 없으니까 갈구지만 않았으면 좋겠다. 나중에는 도저히 배겨낼 수가 없어서 자꾸 술자리를 피하니까 이 자식이 대놓고 트집잡는데 미치겠더라구. 한번은 씨발놈이 지가 유통에 대해 뭘 안다고 사입처를 변경할 테니까 모든 사입 경로에 대해 보고서를 내라는 거야. 까라면 까야지. 보고서 냈어. 그랬더니 내가 기존 사입처에 특혜를 줬다면서 객관적으로 평가해서 다시 보고서를 작성하라는 거야. 그렇게 보고서를 다섯 번 냈다. 이틀 동안. 마지막에는 네 칸 들여 썼다고 다시 써 오라고 하더라."

"뭐?"

규태가 물었다.

"시작 문장 앞에 두 칸 들여 써야 하는데 네 칸 들여 썼다고 다시 작성해 오라고 하더라고. 그러더니, 대가리는 절구통만한 게 웬 깡통 소리만 그렇게 요란하냐? 보고서 한 장 상사가 원하는 대로 만들기를 해, 그렇다고 다른 부하직원들처럼 상사 비위를 맞추기를 해. 너, 군대에서도 고문관이었지? 대가리가 커서 군모가 머리에 안 맞는다고 조교한테 바꿔달라고 손들었지? 이러면서 반말을 찍뱉네. 남들 다 듣는 데서 말이야. 씨발, 그런 말 들으니까 팍 돌잖아. 그래서 내가 말했지. 이사님, 전국에 베니건스가 몇 개나 있는지 아십니까? 씨발놈이 어리벙벙한 표정을 짓더라. 다시 물었어. 전국에 베니건스가 몇 개나 있는지 아냐구요? 새끼가 인마, 그건 왜 물어봐, 그러더라. 그래서 내가 열여섯 갭니다. 아버지 집이 열여섯 채도 넘는 양반이 뭐가 아쉬워서 대가리가 텅 빈 고문관이 네 칸 들여 쓴 보고서나 보고 있답니까? 사회 경험 쌓고 있습니까? 얼굴이 벌게지더라고. 구멍가게니까 이사라고 해봐야 따로 방이 있는 것도 아니거든. 직원들이 우리 얘기를 다 들었지. 그렇게 쏘아붙이고 자리로 돌아가는데, 그 새끼가 소리를 빽 질러. 너 인마, 회의실로 와. 좆나게 기분 나쁘데. 그래, 내가 오늘 사표 쓴다, 그러고 회의실로 따라갔어. 이 자식이 회의실 문을 발로 걷어차면서 닫더라구. 그러더니 시계를 딱 풀어서 책상 위에 놓고는 나를 노려봐. 나도 노려봤지. 한참 째려보면서 여차하면 먼저 주먹을 날리려고 그러는데, 그 새끼가 갑자기 권투 하듯이 두 주먹을 탁 치켜들더니 이렇게 말하더라."

태현은 갑자기 말을 멈췄다. 다들 태현의 입만 바라봤다. 태현은 앞에 놓인 폭탄주를 쭉 들이켰다.

"그 사람이 뭐라고 말했는데?"

선영이 눈을 동그랗게 뜨고 물었다.

"너, 이 새끼. 내가 룸싸롱에서 술값 내라 그랬다고 이러는 거지? 우리 한번 다이다이 붙어볼까? 내가 박종팔한테 권투 배웠다는 거 모르지? 어찌나 유치찬란한지 할말이 없더라, 할말이 없어. 내가 그렇게 밥 빌어먹고 산다."

태현의 말에 상에 둘러앉은 사람들이 웃음을 터뜨렸다. 선영은 옆에 앉은 진우의 등을 치면서 깔깔거렸다. 친구들의 웃음소리에 잠에서 깨어나 샛눈을 뜬 광수에게 아무런 맥락도 없이 그 모습이 들어왔다. 못 볼 것이라도 본 것처럼 광수는 다시 눈을 감았다. 눈꺼풀 뒤의 어둠을 바라보노라니 광수는 머리가 희끈거렸다. 특히 마지막으로 먹은 폭탄주가 치명적이었던 모양이었다. 아무래도 속을 게워낼 것 같았다. 하지만 광수는 자리에서 일어날 수가 없었다. 한번 붙어보지 그랬냐, 는 선영의 목소리가 들렸기 때문이다. 눈을 뜨고 일어서자면 선영과 진우가 서로 새살거리는 모습을 보지 않을 수 없었는데, 웬일인지 그걸 봐서는 안 될 것만 같았다. 시새움에 광수는 눈을 감은 채, 친구들이 하는 얘기를 듣고만 있었다.

"너희들은 학교 다닐 때 데모도 많이 했으니까 알겠네. 어떤 진화과정을 거치기에 인간이 그런 정신 상태에 이를 수가 있는 거냐?"

태현이 진우와 규태를 번갈아 보면서 말했다. 규태가 못마땅하다는 듯한 표정으로 진우가 건넨 폭탄주를 단숨에 마셨다. 폭탄주는 벌써 세 순배째 돌고 있었다. 이제는 누구도 박수를 보내지 않았다.

"난 후일담 소설만 보면 형상기억 브래지어가 생각나. 세탁기에 돌리면 일반 브래지어가 좀 상하듯이 사회에 나가면 적당히 망가져야만 하는데, 그러지 못하는 사람이 많거든. 졸라리 많아. 망가지는 게 정상인데, 자꾸 옛날의 기억으로 돌아가니까 이거 문제가 많은 거지. 자기 젖은 AA컵이 됐는데, 브래지어는 아직도 D컵뿐이니 그 빈자리가 얼마나 허전하겠냐? 그러니까 자꾸만 돈에 미치거나 과대망상에 빠지거나 잃어버린 세월을 돌려달라고 말하는 거지. 그 문제 해결하는 건 간단하거든. 새로 AA컵 사면 돼."

진우가 규태에게서 받은 잔으로 다시 폭탄주를 만들면서 떠벌렸다. 진우는 옆에 앉은 선영에게 폭탄주를 내밀었다. 선영은 단숨에 폭탄주를 들이켜고 머리 위에서 소리나게 잔을 흔들었다. 이번에는 진우만 박수를 쳤다. 광수만 그 박수 소리를 마음속에 담아뒀다.

"진우, 너 많이 안다. 형상기억 브래지어도 알고. 장가도 못 간 자식이 뭘 안다고 그런 비유를 늘어놓는 게야."

명희가 꼬집듯이 말했다.

"안 간 거지. 넌, 어떠냐? 부케 받았으니까 어떻게 함 들여놓을 팔자가 손톱만큼이라도 보이는 것 같냐?"

진우가 이번에는 자기가 마실 폭탄주를 만들면서 명희에게 물었다.

"관 들어오길 기다리는 게 더 빠를 거다. 내가 왜 너희 같은 마초와 그 친인척들의 비위를 맞춰가면서 여생을 보내야 하겠니? 나는 우리 노인네들 비위 맞추는 데도 버겁기만 하다."

"야, 나는 박종팔 제자 비위 맞추고 살고 있어. 우리보고 마초라고 그러지 마. 주말에도 쉬지 못해서 살이 완전히 늙은이 살처럼 축 늘어졌는데, 무슨 마초야."

태현이 징징거렸다.

"명희, 니가 시집을 못 가는 이유는 자신을 너무 사랑하기 때문이야. 너무 많이 배우면 자의식이 너무 커지고 자신을 너무 사랑하게 되고 너무 말이 많아져. 이게 마르크스가 우리 사회에 남긴 폐해야. 지난 십 년 사이에 우리 여성 동무들은 말이 너무 많아졌어. 어떤 기자가 '드디어 말하는 기계를 발명하셨군요'라고 말했을 때, 발명왕 에디슨이 뭐라고 대답했는지 알아? '웬걸요. 하느님이 저보다 먼저 만들었습니다. 아담의 갈빗대만 가지고요.' 조금 덜 사랑하면 지금보다 세상이 조용해질 거야. 조국이든, 가족이든, 남편이든, 자기 자신이든."

진우가 혼자서 폭탄주를 들이켰다.

"아유, 정신이 보디빌딩을 하네. 진우, 너 진짜 꼴통이구나. 왜 니들은 자신을 사랑하는 것 이상으로 대접받으려고 들면서 우리보고는 덜 사랑하라고 말하니? 이제 겨우 자신을 사랑하는 일이 뭔지 알게 된 우리더러. 그럼, 인혜 얘는 너무 사랑해서 그런 쓰레기 같은 인간과 그 족속들을 만난 거냐? 왜 우리는 만날 일방적으로 당해놓고서는 내가 너무 사랑해서 그런 것이라고 혼자서만 반성해야 한다는 거니? 왜 여자들이 잘못을 지적하면 모두 자기 탓이라고 그러는 거니?"

명희가 받아쳤다.

"진우도 만만치 않은 사이비야. 쓰는 소설 봐. 허구한 날, 처음 만난 여자 데리고 자는 여관문학이잖아. 쟤 소설에는, 뭐가 그렇게 좋다는 것인지 직업도 없는 남자 주인공 새끼하고 못 자서 안달인 여자밖에 안 나와. 거시기가 도깨비방망이도 아닐 테고, 그게 뭔 놈의 조화일까나? 자식아, 운동했다는 새끼가 세상 인식하는 게 여관방을 못 벗어나냐? 최소한 『태백산맥』 정도는 써야지."

명희의 말을 받아 규태가 곁방망이질했다.

"운동한 게 뭐 대단한 일이냐? 다 지들이 잘나서 운동한 거지. 그 새끼 보라구."

진우가 대꾸하기 전에 태현이 대거리했다.

"자식아, 개인적인 감정으로 우리가 살았던 시대까지 뭉개지는 마. 누구나 자신이 살았던 시대에 대해서는 책임을 져야지. 니네 이사가 오죽잖다고 해서 그게 우리의 경험과 무슨 상관이야, 이 새끼야. 적어도 80년대를 겪었다면 자신에 대해서 책임질 준비는 돼 있어야지."

규태의 말에 태현이 바로 맞받아쳤다.

"우리가 80년대를 겪기는 개코가 겪었냐? 툭하면 싸잡아서 얘기하는데 아주 말멀미가 날 지경이다. 지금 삼십대 이혼율이 얼마나 높은지 아냐? 민주주의 그렇게 좋아했던 것들이 자기 가정 하나 제대로 꾸려나갈 능력도 없었다는 반증 아니냐?"

태현이 내차게 나오자, 규태가 한발 뒤로 물러섰다.

"내 말은 그렇게 쉽게 얘기하지는 말란 말이지."

"그럼 어렵게 얘기해줄까? 이타심은 아래를 향한 감정이야. 타인을 사랑하는 감정이라고. 그럼 이기심은 뭐냐? 위를 향한, 자신을 사랑하는 감정이야. 이렇게 자존심 상해서 살 수 없으니까 고쳐 달라. 이게 바로 이기심이야. 왜 나만 이렇게 살아야 하느냐? 알겠어? 나는 80년대에 데모했던 새끼들 대부분이 그런 심정으로 돌 던졌다고 생각해. 자기가 얼마나 대단한 인간인지 보여주려고. 그러니까 사회가 이 모양 이 꼴인 것 아니겠어?"

"친구들아, 내가 『태백산맥』 쓸 테니까 그만해라."

진우가 두 손을 들면서 말했다. '흥, 태백산맥이 무슨 뒷동산 이름인 줄 아나?' 체머리를 흔들듯 광수의 머릿속에서 그런 문장이 불끈불끈 감은 눈으로 들이닥치며 빙글빙글 맴돌았다. 광수는 금방이라도 토할 것 같았다. 지금쯤에는 깨어나는 척해도 괜찮을 것 같았다. 그런데 그때 툭툭 치는 소리와 함께 선영의 말이 들려왔다.

"야, 진짜 재미있겠다. 염상구도 변변한 직업이 없으면서 여자 밝히잖아. 넌 사랑이 뭔지, 사랑이 왜 좋아하는 것하고 다른 건지도 모르니까 차라리 그런 소설이 더 어울릴 거야."

"그래서 너는 그렇게 이타적이라서 1번 찍겠다는 거냐?"

그때 갑자기 규태가 냉소적으로 내뱉었다.

"어? 태현이, 너 1번을 지지하니?"

명희가 놀랍다는 듯이 태현을 쳐다봤다. 태현이 약간 곤혹스런 표정을 지었다.

"1번 지지하는 게 뭐 죄짓는 거냐? 자기 이념에 따라 지지하는 거지."

끝을 약간 흐리며 태현이 말했다.

"그게 이념이야? 그게 이념이야, 인마! 그런 주제에 어떻게 니가 이타적인 인간이 되고 우리가 이기적인 인간이 될 수가 있어! 니가 진짜 이기적인 새끼 아니냐? 너 먹고살려고 1번 찍겠다는 거 아니야?"

"너는 이슬만 먹고 사냐, 인마! 먹고사는 게 얼마나 숭고한데, 지랄이야. 남이야 1번을 찍든 2번을 찍든 민주주의사회에서 웬 참견이야."

"그래, 말 잘했다. 니가 이 정도라도 민주주의사회에 살고 있는 게 다 누구 덕분이냐? 무임승차했다고 누가 차비 내라고 그러더냐? 욕이나 안 하면 다행이다, 인마. 순수하게 운동했던 사람들 욕하지는 말란 말이야. 머리만 크면 뭐하냐? 생각을 하고 살아야지."

"어, 이 새끼. 너 말 다 했냐?"

"그래, 다 했다, 이 새끼야. 어디서 게정을 부려!"

"너, 죽을래. 이 새끼, 너 일루 와봐. 학교 다닐 때도 좀라리 잘난 척하면서 당구도 못 치게 하더니 아직도 정신 못 차렸구나. 씨발놈아, 너는 그래서 만날 돈만 모이면 남조선 뜨겠다고 떠들고 다니냐? 이 위선적인 새끼야!"

그 말에 갑자기 규태가 태현의 멱살을 움켜잡고 일어섰다. 그 바람에 맥주병이 소리를 내며 쓰러졌다. 명희가 소리를 빽 질렀다.

"니들 지금 뭐하는 거야! 태현아, 그거 안 놓니?"

"너만 잘났다고 생각하는 게 파쇼고 독선이야, 인마. 뭐, 다른 건 줄 알아? 니 앞가림이나 잘해. 다들 이렇게 먹고살기 바빠서 지랄하는데, 에든버러는 무슨 얼어죽을 에든버러냐, 인마."

"그러면 왈가왈부하지 말고 그냥 주둥이 닥쳐, 새끼야. 너 혼자 먹고살기도 벅찬 새끼가 왜 순수했던 내 젊은 시절에 똥칠을 해대는 거야?"

둘은 멱살을 잡고 서로 밀고 당겼다. 진우가 비실비실 일어나 둘을 뜯어말렸다.

"내가 잘못했어, 친구들아. 앞으로는 여자 후리는 얘기 안 쓸게. 꼭 번듯한 직업을 갖춘 사람들만 주인공으로 쓸게. 동족상잔도 아니고 이게 뭣하는 짓들이니? 더구나 오늘은 우리 친구 광수와 선영이의 행복한 결혼생활을 축하하기 위한 자리가 아니니?"

그때 갑자기 욱 하는 소리가 들리더니 소파 한쪽에 기대고 있던 광수가 먹은 음식을 게워내기 시작했다. 저녁에 먹은 잡채와 해물탕과 불고기가 희멀건 반죽이 돼 바지로 흘러내렸고 역한 냄새가 풍겼다. 선영이 소리를 질렀고 명희와 인혜가 뒷걸음질을 쳤다. 다들 그 꼴을 지켜보느라 정신이 팔려 있는 동안, 태현이 규태의 머리를 주먹으로 때렸다.

"이 쥐뿔같은 새끼야. 한 번만 더 나한테 대가리가 절구통만하다고 씨불거리면 죽여버린다."

진우가 얼른 둘 사이로 비집고 들어가며 태현에게 소리쳤다.

"정신 차려, 인마. 얘는 베니건스가 아니라 우리 친구 규태야. 이러면 너 정말 나쁜 새끼다."

그때였다. 갑자기 누군가가 진우의 얼굴을 주먹으로 후려쳤다.

"니가 더 나빠, 이 또라이 새끼야!"

구토물로 바지가 엉망이 된 광수였다. 느닷없는 광수의 공격에 진우는 거실 한쪽에 세워놓은 화분과 함께 나자빠졌다.

"광수야, 잠이 덜 깼냐! 규태 때린 건 태현이얏!"

명희가 소리쳤다.

"나도 알아, 씨발."

광수는 쓰러진 진우를 일으켜세우고 한쪽 벽으로 밀어붙인 뒤, 다시 오른손을 치켜들고는 부르르 떨었다. 진우는 왼손으로 엉덩이 쪽을 만지면서 때리면 그대로 맞겠다는 듯 고개를 푹 숙이고 있었다. 규태와 태현은 계속 드잡이를 해야 할 것인지, 진우와 광수의 싸움을 말려야 할 것인지 판단을 내리지 못했다.

"미쳤니? 니들 왜 그래! 광수, 너는 또 왜 그래! 미쳤니? 미쳤어?"

선영이 뒤에서 광수의 두 팔을 붙잡으면서 말했다. 그제야 자신이 무슨 짓을 했는지 깨닫고 괴란쩍어진 광수는 선영을 뿌리치더니 현관문을 소리나게 닫고 밖으로 나가버렸다. 어이없다는 듯 그 모습을 바라보다가 선영이 고개를 숙이고 뭐라고 쑤알거리는 진우에게 물었다.

"뭐라고?"

선영이 진우의 입에 귀를 갖다 댔다.

"씨발, 엉덩이 찢어졌다고. 졸라 비싼 양복인데."

Oh boy, you never know!

질투란 숙주가 필요한 바이러스와 비슷하다. 질투란 독립적인 감정이 아니라 사랑에 딸린 감정이다. 주전선수가 아니라 후보선수라 사랑이 갈 때까지 가서 숨을 헐떡거리면 질투가 교체선수로 투입된다. 질투가 없다면 경기는 거기서 끝나버릴지도 모른다. 그래서 13세기 사람 앙드레 르 샤플랭은 "질투하지 않는 자는 사랑할 수 없다"는 주장까지 했다. 자신들의 사랑을 충분히 확인한 사람들 중에는 급기야 질투로 사랑을 확인하려는 욕망을 느끼는 부류도 있다. 그런 까닭에 처음 만난 사람에게 질투를 느끼는 사람은 세상에 없다. 자기보다 잘생긴 사람을 만나서 질투와 비슷한 감정을 느끼는 경우를 위해서는 시기심이라는 단어가 준비돼 있다. 그런 점에서 어휘력이 부족하면 세상사를 이해하는 데 상당한 곤란이 따른다.

어휘 얘기가 나왔으니 조금 더 얘기해보자. '안다'를 영어로 옮기면 'know'다. 성경에 따르면 이 단어에 해당하는 행위를 처음으로 한 사람은 아담과 이브다. 제임스 왕 흠정판 성경을 보면, 이 단어는 창세기 3장 7절의 "And the eyes of them both were opened, and they knew that they were naked"에서 처음 등장하고 그다음에는 창세기 4장 1절의 "And Adam knew Eve his wife"라는 구절에서 나온다. 이 두 구절을 우리말로 옮기면 각각 "이에 그들의 눈이 밝아 자기들의 몸이 벗은 줄을 알고"와 "아담이 그 아내 하와와 동침하매"가 된다. 눈이 열려 자신들이 어떤 존재인지 안다는 것, 상대방이 누구인지 안다는 것이 바로 사랑한다는 뜻이다. 철학을 뜻하는 'philosophy'라는 단어는 진리를 사랑한다는 뜻을 지녔는데, 이때의 사랑 역시 아는 행위를 의미한다. 플라톤의 『향연』에 이르면 이 '안다'와 사랑의 관계는 명확해진다. 남자와 여자는 원래 한몸이었는데, 신들의 저주를 받아 둘로 나뉘었다. 그래서 남자와 여자는 자신의 반쪽을 찾아 헤매게 되는데, 이게 바로 이성에 대한 갈망이다. 하여 사랑에 빠지려면 우리는 먼저 자신의 반쪽을 알아봐야만 한다.

당연히 사랑에 빠지게 되면 우리는 상대방을 알기 위해 무던히 애를 쓴다. 부모님은 자상한 분인지 고지식한 분인지, 형제끼리는 서로 마음이 잘 통하는지 아닌지, 지금 사는 집은 어디인지, 거기서 태어났는지 아니면 고향은 어디 다른 곳인지 끊임없이 물어본다. 질문과 대답이 되풀이되면서 사랑은 점점 더 깊어진다. 면접시간에 옆에 앉은 사람보다 더 많은 대답을 할 수 있다면 최소한 경쟁자 한 명을 제친 게 되는 것과 마찬가지의 이치다. 상대방에 대한 구체적 호기심이 모두 충족되고 나면 추상적 호기심이 시작된다. 슬플 때는 곧장 눈물을 흘리는지 겉으로는 아무렇지도 않은 듯 대범하게 구는지, 태어나서 제일 기뻤던 순간은 언제이며 다시 돌아가고 싶은 시절은 또 언제인지, 삶을 자신의 눈으로만 바라보는지 다른 사람의 눈까지 생각해서 바라보는지 등이 두번째 굽이에서 알아내야만 하는 것들이다.

우리가 정상적인 사랑의 단계를 밟아나간다면 필경 이다음에 생기는 호기심은 육체적인 것이리라. 손의 따뜻함, 입술의 부드러움, 가슴의 포근함, 그리고 마침내 말로 표현하기 힘든 성기의 아찔함까지 알게 되면 상대방에 대한 모든 것을 알게 됐다는 느낌이 든다. 그 순간, 두 연인은 서로를 향해 자신의 존재를 활짝 열어젖혔다고 생각한다. 그즈음에 이르면 두 사람은 이제 서로에게 더이상 질문을 던지지 않게 된다. 비밀은 완전히 사라졌다고, 서로의 존재는 백열등처럼 환하게 드러나게 됐다고 생각하게 된다.

하지만 그 상태는 깊은 사랑이 아니라 깊은 착각에 가깝다. 우리는 서로에게 영원한 타인이다. 우리는 자신을 제외하고는 누구도 완전히 알 수는 없다. 혼신의 힘을 바쳐 사랑한다고 해도 우리가 모르는 부분은 영영 남게 된다. "너는 절대로 알지 못한다"를 영어로 작문하라면 "You never know"가 될 것이다. 하지만 대화에서 관용적으로 쓰일 때, 이 문장은 '어쩌면' 혹은 '아마도'를 뜻한다. 질투란 상대방에 대해 모든 걸 알게 됐다고 생각한 게 착각에 불과했다는 사실을 깨달을 때, 그러니까 '어쩌면'이나 '아마도'라는 부사로 시작되는 문장이 하나둘 마음속에서 떠오를 때, 부록처럼 따라오는 감정이다. 그리고 후보선수가 주전선수에 대해 늘 그런 마음을 갖듯 이 딸린 감정은 본래 감정을 위협하고야 만다. 그래서 때로 질투는 사랑을 강화시키는 게 아니라 파탄내기도 한다.

질투에 관한 가장 권위 있는 책은 셰익스피어의 『오셀로』다. 그 중에서 질투를 말할 때면 늘 언급되는 구절은 3막 3장에 나오는, 다음과 같은 이아고의 대사다. "오, 질투심을 조심해요. 그것은 희생물을 비웃으며 잡아먹는 푸른 눈의 괴물이랍니다. 오쟁이 진 자가 운명임을 확신하고 죄인을 사랑하지 않으면 그는 더없는 행복속에 산답니다. 오 그러나, 푹 빠졌지만 의심하고 수상히 여기지만 강렬하게 사랑하는 사람은 얼마나 저주받은 시간을 헤아리겠습니까!" 푹 빠져 강렬하게 사랑하나 상대방에 대해 절대로 알지 못하는 게 남아 있을 때, 그리하여 '어쩌면' 혹은 '아마도'라는 단어로 시작되는 의심이 마음속에서 솟구칠 때, 우리는 희생물을 잡아먹는 푸른 눈의 괴물에게 포획된다.

사랑이 입을 열면, 그 안에서 우리는 자신의 정체성을 발견한다. 그게 우리가 할 수 있는 최선의 사랑이다. 사랑을 통해 자신이 누구인지 알게 됐다면 거기서 멈춰야만 한다. 너무 사랑하지 말아야 한다. 즉 너무 알려고 하지 말아야만 한다. 너무 사랑한다는 말은 상대방의 정체성마저 요구하는 일이다. 그건 무방비도시의 어둠 속을 살아가는 현대인에게는 너무 무리한 요구다. 현대적인 사랑의 방식이란 우리가 절대로 알지 못하는 게 있다는 걸 받아들이는 일이다. '아마도' 혹은 '어쩌면'으로 시작되는 문장의 본뜻이 'You never know'를 의미한다는 사실을 이해하는 일이다. 누구도 다른 사람이 될 수는 없다. 그걸 모르면 누구도 진정으로 사랑할 수 없다. 누구도 다른 사람이 될 수는 없다. 누구도 다른 사람의 삶을 대신 살아갈 수는 없다. 누구도 다른 사람이 무슨 생각을 하는지 알 수 없다. 그건 해가 바뀐 2003년 1월, 반포의 한 노래방에서 광수의 노래를 듣던 진우의 머릿속을 미친듯이 맴돌던 문장이었다. 누구도. 누구도. 절대로.

"니가 오늘 전영록한테 저작권료를 얼마나 챙겨줬는지 아냐? 이제 좀 그만해라. 기계, 고장난다."

다시 번호를 누르는 광수를 보면서 진우는 진심으로 애원했다. 노래방 기계에는 이미 다섯 곡이 예약된 상태였으나 모두 번호는 똑같았다. 560번. '부르실 곡명은 얄미운 사람.' 처음 한 곡을 부른 뒤, 진우는 마이크를 잡을 기회가 없었다. 진우가 노래를 부르는 동안, 비상벨이라도 누르는 듯 비장한 표정으로 광수가 같은 번호를 반복해서 입력시켰다. 얄미운 사람. 얄미운 사람. 얄미운 사람.

알미운 사람……

하지만 진우의 말은 경쾌하게 흘러나오는 전주에 묻혀버렸다. 광수가 다시 마이크를 들었다. 진우는 신경질적으로 취소 버튼을 눌렀다. 갑자기 노래방 안이 조용해졌다. '떠어나가느으'까지 부르고 광수는 노래를 그쳤다. 잠시 원망에 가득찬 표정으로 진우를 쳐다보던 광수는 다시 번호판을 누르기 시작했고 진우는 벌떡 일어나 그런 광수의 팔을 잡았다.

"니네 동네에 송해 아저씨라도 온다더냐? 하지만 내가 볼 때는 암만 봐도 이 노래로는 인기상도 곤란하다. 니가 부르면 딱 좋을 노래 우리 같이 찾아보자."

탁자 위에 놓인 노래책을 이리저리 뒤적이면서 진우가 말했다. 하지만 광수는 다시 번호를 눌렀다. 오백, 육십, 영번. '부르실 곡명은 알미운 사람.' 빠빰빠빰빰빠 빠빰빠빰빰빠. 전주가 흘러나왔고 다시 진우가 취소 버튼을 눌렀다. 진우는 소파에다가 노래책을 확 집어던졌다.

"인마, 나는 니가 집들이 날 나 때린 것 사과하는 줄 알고 나온 거야. 니 머릿속의 신경계통이 지금 어떤 화학작용을 벌이는지는 모르겠지만, 니가 나한테 이러면 안 돼. 한 번만 더 〈알미운 사람〉 부르면 나는 갈 거다."

하지만 그 말에 아랑곳하지 않고 광수는 번호를 눌렀다. 오백, 육십…… 진우는 돌아서서 문고리를 잡았다. 그러나 광수는 영번

을 누르지 않았다. 일번을 눌렀다. 오백, 육십, 일번. '부르실 곡명은 양산도.'

"너, 선영이하고 잤지?"

신나는 꽹과리 소리를 배경으로 강하게 에코를 넣은, 광수의 분노에 찬 목소리가 노래방 안을 울렸다. 진우는 손잡이를 잡고 멈춰섰다. 진우는 돌아섰다. 마이크를 입에 바투 붙인 채, 광수가 진우를 바라보며 서 있었다. 광수의 뒤로는 〈양산도〉의 가사가 흘러가고 있었다. '양덕맹산 흐르는 물은 감돌아든다고 에루아 부벽누하로다.' 시간이 흐를수록 초록색으로 물드는 그 가사가 도대체 무엇을 뜻하는지 진우로서는 알 수 없었다. 진우는 고개를 약간 기울였다.

"너, 너, 지금 뭐라고 그랬니?"

하지만 광수는 마이크를 치켜든 채, 입을 꾹 다물고 진우를 쏘아보기만 했다. '아서라, 말어라, 너 그리 마라. 사람의 괄시를 너 그리 마라.' 1절 가사가 다 초록색으로 물들 때까지도 광수는 아무런 말이 없었다.

"우리 한번 다이다이로 붙어볼까? 너, 나 이길 수 있어? 너, 나 이길 수 있어?"

"유치하게 왜 그래, 이 자식아!"

"그래, 나는 유치하다. 졸라리 유치하다. 유치하니까 한 번만 더 물어보자. 너, 선영이하고 잤지?"

'에헤이이요. 옥골 같은 양귀비라도 내 님이 아니면 그림의 떡이로다.' 가사는 점점 초록색으로 물들고 현란한 사이키 조명을 받은 진우의 얼굴은 울긋불긋 물들었도다. 에헤이이요. 진우에게 그 곤란한 상황에서 벗어나는 방법은 단 하나뿐이었다. 전화가 걸려오고 있다면 그냥 꺼버리는 일이었고 얼굴을 마주하고 있다면 일단 그 자리를 피하는 일이었다.

"시끄러워죽겠네. 마이크 좀 내려놓고 얘기해! 그리고 나, 화장실 좀 갔다올게."

"일루 와, 이 새끼야! 일루 안 와!"

진우는 문을 벌컥 열고 밖으로 뛰쳐나갔다. 광수는 마이크를 집어던지고 의자에 주저앉았다. 초록색으로 물드는 가사가 흐릿하게 보였다. '아서라, 말어라, 너 그리 마라. 사람의 괄시를 너 그리 말어라.' 광수는 옷소매로 얼굴을 닦았다. 땀인지 눈물인지 모를 물방울이 소매에 닦였다. 광수는 테이블에 있던 맥주를 단숨에 들이켰다. 다음 가사가 계속 이어졌다. '가는 님을 붙잡지 말고 지는 해 잡아 에루아 즐기나 보세.' 술이 취한 광수가 노래를 따라 불렀다. '그러지 마라, 씨발놈아. 사람 우습게 보지 마라.'

그러나 이번만은 진우가 돌아왔다. 피할 곳이 없다는 사실을 깨달았기 때문이다. 진우가 돌아왔을 때, 광수는 두 팔로 얼굴을 감싼 채 테이블 위에 몸을 수그리고 있었다. 다행히 〈양산도〉도, 〈얄미운 사람〉도 흘러나오지 않았다. 진우는 헛기침을 한 번 했다. 광수는 아무런 반응이 없었다.

"뭔가 좀 오해가 있는 모양인데…… 에헴, 그러니까 선영이하고 나는……"

"잤다고?"

고개를 들지도 않은 채, 광수가 말했다. 진우가 한숨을 내쉬면서 고개를 돌렸다. '다음 곡을 선택해주세요.' 이젠 더이상 물들지 않는 글자 뒤로 무대에서 춤을 추는 댄스그룹의 모습이 보였다. '너무 오래 살았어. 노래방에서 블루스도 춰봤고 키스도 해봤고 패싸움도 해봤지만, 이런 일은 처음이야. 너무 오래 살았어.' 진우는 고개를 절레절레 흔들었다.

"선영이하고 나는, 너도 알다시피, 벌써 오래전에 사귀었던 사람들이야."

"그래서 옛 생각에 같이 잔 거야?"

"에잇, 씨발."

하지만 진우는 곧 이성을 되찾았다.

"그래서 지금은 아무런 감정도 없다고. 선영이는 이제 니 아내가 됐고 나나 선영이나 서로에게 같은 과 동기 이상의 아무런 감정도 없어."

진우는 단호하게 얘기했다. 단호하게 얘기하지 않으면 어떻게 할 것인가? 〈양산도〉 가사마따나 옥골 같은 양귀비라도 내 님이 아니면 그림의 떡이지 않은가. 게다가 광수는 진우의 친구가 아닌가.

영혼의 질이 아무리 다르다고 한들 세속의 법정에서는 그 차이가 친구의 아내에게 찝쩍거렸다는 범죄행위를 가릴 정도는 아니다. 그 순간만은 진우는 단호했다. 그리고 앞으로도 단호할 것이다.

"진짜 아무런 감정이 없어. 내가 옛날에 선영이를 사귀었다고 니가 나한테 이렇게 나오면 아주 곤란해."

약간 떨리는 목소리로 진우가 반격했다. 하지만 그래봐야 칼자루는 광수가 쥐고 있었다.

"그래서 잤냐고? 그것만 말해."

진우는 대답할 수 없었다. 단호해야만 한다고 굳게 다짐했건만 잠시 주춤거렸다. 어느 구멍으로 들어가든 한곳으로 집결되는 포켓볼 당구대와 비슷했다. 무슨 대답을 해도 같은 물음뿐이었다. 너, 선영이하고 잤지? 잤다고? 그래서 잔 거야? 그래서 잤냐고? 세 전 토끼도 그렇게 고지식하게 한길로만 뛰어다니진 않을 것이다. 진우는 미칠 것만 같았다.

"쓸데없는 소리는 다 집어치우고 간단하게 말해. 그래서 잤냐고?"

광수가 고개를 번쩍 치켜들면서 소리쳤다. 진우는 거의 눈물이 날 지경이었다. 그래서 그러면 안 된다는 것을 알았지만, 소리칠 수밖에 없었다.

"안 잤어. 이런 고리삭은 자식아. 절대로 안 잤어, 인마! 너 이 새끼, 사람을 어떻게 보냐? 안 잤어, 인마. 절대로 안 잤어. 하늘에 맹세코 안 잤어. 제대로 알지도 못하는 새끼가…… 암튼 안 잤어. 안 잤으니까 걱정하지 마. 개새끼, 아주 남의 속을 헤집어놓고 있어."

호랑이 가죽이라도 뒤집어쓴 듯 갑자기 진우가 삿대질까지 하면서 세차게 나오자, 광수는 조금 물러섰다.

"그럼, 팔레노프시스는 왜 꺾은 거야?"

"뭐? 팔레노프시스가 누구야?"

진우는 지금 자신의 시야를 가리는 그 아슴푸레한 상황에서 벗어나기 위해 안간힘을 쓰고 있었다. 광수는 주머니에서 선영과 진우가 신부대기실에서 찍은 사진을 꺼내 탁자 위에 던졌다. 진우는 사진을 들고 텔레비전 화면에 비춰 봤다. 미혼녀였던 선영과 마지막으로 찍은 사진이었는데, 노래방 텔레비전 화면 불빛에 기대어 봐야만 한다니 진우의 속이 쓰라렸다.

"거기 선영이가 들고 있는 꽃이 바로 팔레노프시스야. 자세히 봐. 위에 있는 게 먼저 찍은 사진이고 아래에 있는 게 그다음에 찍은 사진이야. 먼저 찍은 사진에서는 멀쩡했던 꽃이 그다음 사진에서는 꺾여 있잖아. 도대체 왜 그렇게 된 거야! 결혼한 뒤로 나는 그 꺾인 팔레노프시스 때문에 제대로 잠도 못 잤어. 그때 너 선영이한테 뭐라고 얘기한 거야? 똑바로 얘기해. 똑바로 대답하지 않으면 너하고 나하고 오늘 여기서 죽는 거야."

광수가 이를 앙다물었다.

"우리 둘이 노래방에서 변사체로 발견되면 사정을 모르는 사람들은 서로 노래를 부르려고 싸우다가 죽었다고 생각하겠지. 더 자세한 사인을 조사하기 위해 기계를 분석해 무슨 노래를 불렀는지 살펴보겠지. 얄미운 사람. 얄미운 사람. 얄미운 사람. 얄미운 사람…… 그리고 양산도. 생각만 해도 끔찍하다."

냉정을 되찾은 듯, 진우가 낮은 목소리로 말했다. 고개를 절레절레 흔들며 진우는 광수의 맞은편 자리에 앉았다. 광수는 진우가 무슨 말을 해도 믿지 않겠다는 듯한 표정이었다. 진우는 고개를 돌려 노래방의 모니터를 잠깐 쳐다봤다.

"광수야, 내 말을 잘 들어봐. 너 우리가 처음 만났던 날 기억나니? 학력고사를 치기 위해서 교실로 찾아갔더니 니가 내 앞에 앉아 있더라. 너는 A형 시험지, 나는 B형 시험지. 기억나냐?"

광수는 어리눅은 표정을 짓고는 퉁명스럽게 대답했다.

"그래서?"

"그때 나는 니가 세계문구점 집 아들인 줄 알았다. 학교 앞 문구점은 조그만 가게, 그렇게 시작하는 노래에 나오는. 니가 가져온 문방구 일체는 정말 어마어마했어. 여차하면 수험생과 시험감독 전원을 인질로 삼아 학력고사 성적을 이십 점 이상 올려달라고 협박할 수도 있을 만큼 컸던 삼각자하며 미대를 지원한 게 아닐까라는 착각이 들 정도로 화려했던 12색 사인펜이며. 그런데 도대체 줄자는 왜 가져온 거냐?"

진우가 광수를 물끄러미 쳐다봤다. 광수는 아무런 말이 없었다.

"그래, 중요한 건 아니니까 대답하지 않아도 돼."

"기억이 안 나서 그래. 학력고사를 치는데 내가 줄자를 가지고 갔다고?"

"물론이지. 내가 미적분을 잊을지언정 어떻게 그 인상적이었던 문방구 일체를 잊을 수가 있겠니? 문방구 일체 세계문구점을. 그때 니가 얼마나 벌벌 떨었는지 모른다. 니 뒤에 앉아서 시험 치다가 지진 난 줄 알았다. 워낙 입시 추위가 몰려오기도 했지만, 너는 유난히 심하게 떨어댔지. 나중에 들어보니까 긴장돼서 아침에 우황청심환을 두 개나 먹었다며? 청심환이 뭐냐? 가슴에 오른 열을 식혀준다고 청심환이 아니겠냐? 그런 걸 두 개나 먹었으니 니 가슴에 찬바람이 부는 게 당연하지."

광수가 눈을 부릅떴다.

"왜 지금 그 얘기를 하는 거야! 내가 그런 쪼다라서 오쟁이 졌다고 말하고 싶은 거야?"

진우는 흠칫 놀랐다.

"오쟁이 속에 든 씨나락 까먹는 소리 그만해라. 결혼한 놈은 넌데, 오쟁이 짊어지고 어디 갈 건데? 진정하고 내 말을 잘 들어봐. 내가 하고 싶은 말은 이런 거야. 그때부터 지금까지 쭉 너를 보면서 이런 생각을 해왔어. 아, 쟤는 나하고는 영혼이 상당히 다른 아이구나. 그건 우리 둘 다 합격하고 또 친해지면서도 계속 내게 이어진 생각이었어."

"몰라. 나는 학력고사장에서 선영이를 봤던 기억밖에는 없어. 너보다 먼저 선영이를 좋아했다구."

"알아. 다 알아. 그래, 니가 나보다 먼저 선영이를 좋아했고 지금은 결혼도 했어. 잘됐어. 하지만 그건 또다른 문제야. 이건 너하고 나의 문제잖아? 선영이는 이 문제에 들어올 필요가 없어. 내가 그때 너한테 남는 지우개가 있으면 좀 빌려달라고 했는데, 기억나니? 물론 기억나지 않을 거야. 사람은 저마다 자기가 관심을 가지는 것만 기억하고 또 제 마음대로 그 기억을 해석하니까."

"왜 자꾸 옛날얘기를 꺼내는 거야? 묻는 말에나 대답해."

광수가 소리쳤다.

"지금 묻는 말에나 대답하고 있는 중이야. 기억나니, 안 나니?"

진우가 두 손을 가슴 쪽으로 모으며 말했다.

"그런 기억 없어."

"문방구 일체가 구비됐으니까 남는 게 있었는지 니가 지우개를 주더라. 나는 칼도 좀 빌려달라고 해서 지우개를 좀 잘랐다. 어떻게 잘랐는가 하면 말이야, 먼저 칼로 지우개를 정육면체로 만든 다음에 한 면의 대각선을 잡은 뒤 그 대각선을 밑변으로 해서 맞은편 꼭짓점까지 이어지는 가상의 선을 상상한 뒤, 그 선을 따라 과감하게 자르는 거야. 그다음에는 그 대각선에서 이어지는 또다른 대각선을 그은 뒤, 마찬가지의 꼭짓점을 향해 칼질을 해. 이렇게 두 번

반복한 뒤에 그 세 개의 대각선을 세 변으로 하는 삼각형을 상상한 뒤에 남은 부분을 잘라내는 거야. 그러면 정사면체가 완성되지. 그 다음에는 네 개의 면에다가 1에서 4까지 숫자를 적어. 그럼 모든 게 완성된 거야. 모르는 문제가 나오면 그 지우개를 던지는 거지. 알겠지? 어차피 답은 네 개 중의 하나일 테니까. 그런데 그때 정사면체를 만드는 나를 보고 니가 뭐라고 했는지 기억나니?"

광수는 맥주를 들이켜며 고개를 흔들었다.

"내가 지우개 부스러기를 쓸어버리고 있노라니까 니가 화를 버럭 내면서 이렇게 말하더라. 너, 또라이 새끼지? 내가 왜 지우개를 잘랐는지도 모르면서 마치 시험을 앞둔 초조감에 생전 처음 보는 사람의 지우개를 뺏어 칼로 난도질한 것처럼 굴더구나. 그것도 몸을 덜덜 떨면서. 나? 물론 나는 억울했지. 지금처럼 말이야. 하지만 그때는 나도 어렸고 예민했기 때문에 너에게 뭐라고 말도 못했어. 시험 치는 내내, 그러니까 지우개를 던질 때마다 그런 생각이 들었다. 씨발새끼, 내가 뭣 때문에 지우개 잘랐는지도 모르면서. 만약 니가 그때 내가 왜 지우개를 잘랐는지 알았다면 꽤나 부끄러웠을 거야. 어쩌면 너무 부끄러워 시험을 망쳤을지도 모르고, 그랬다면 우리 과에 들어오지도 못했겠지. 음……"

진우는 잠시 상상에 빠져들었다. 그랬더라면 모든 게 달라질 수도 있었겠지.

"내가 하고 싶은 말은 이거야. 모든 건 너한테 달린 문제야. 니가 알고 싶다면 내가 그때 선영이에게 뭐라고 말했는지 말해줄 수 있어. 하지만 진실을 다 알고 난 뒤에는 니 생각이 얼마나 잘못됐는지 알게 될 거고 니가 책임져야만 하는 일도 생길 거야. 나는 세상만사의 진실을 샅샅이 알아낸다고 해서 더 나아지는 건 없다고 생각해. 그러나 니가 정 원한다면 말해줄 수는 있어. 얘기해줄까? 아니면 여기서 그만둘까?"

광수는 진우의 눈을 뚫어져라 쳐다봤다. 아무런 뜻 없이 돌아가는 미러볼 불빛이 두 사람의 얼굴 위로 얼룩지며 스쳐갔다.

"얘기해봐."

마침내 광수가 입을 열었다. 진우는 혀로 입술을 적셨다.

"좋아, 그렇게 알고 싶다면 얘기해주지. 사진 찍을 때, 내가 선영이 뒤에 서서 귀에다 대고 이렇게 말했다."

광수는 오른손으로 캔맥주를 잡았다. 진우는 잠시 말을 끊었다가 다시 입을 열었다.

"사랑한다고."

광수가 캔맥주의 허리를 완전히 뭉개버리고는 벌떡 일어섰다. 진우도 냉큼 일어나 두 손을 들었다.

"아니, 내 얘기를 끝까지 들어봐. 그랬더니 선영이가 웃기는 소리 작작 하라고 그러더라. 선영이는 세상에서 너를 가장 사랑한다고 그러더라. 진짜로. 그러면서 들고 있던 부케로 뒤에 선 나를 쳤는데, 그때 팔레노프시슨지 뭔지가 꺾였나보지. 암튼 얼마나 너 좋아하는 티를 내던지 너무 얄미워서 〈얄미운 사람〉을 불렀다. 내가 〈얄미운 사람〉을 부르니까 신부대기실 안에 있던 애들이 다 웃었다. 그게 다다. 됐냐?"

"씨발놈아, 왜 남의 결혼식에 와서 남의 신부한테 사랑한다고 말해!"

"그냥 장난친 것뿐이야. 정말이야. 니네 둘이 결혼한다니까 그날 내내 내 마음도 들떠서 장난을 친 거지. 장난이 너무 심했다면 미안하다."

진우는 두 손을 모으고 말했다. 광수는 미심쩍은 표정으로 진우를 노려봤다. 하는 수 없이 진우도 광수를 쳐다봤다.

"내가 지금 한 말은 진짜 진짜, 하늘에 맹세코 사실이다. 나, 원래 쓸데없는 말 잘하는 사람이라는 거 너도 잘 알잖아. 내가 좀 경솔했던 건 사실이다. 하지만 마음이 들떠 나도 모르게 나온 짓궂은 농담 하나를 가지고, 또 그 농담 때문에 꺾인 꽃을 가지고 비둘기가 까치집에 들어간 것처럼 굴면 안 되지, 인마. 까마귀 운다고 범이 죽는다더냐? 쫀쫀한 자식. 의심할 사람을 의심해. 얻다 대고 절친한 친구와 사랑하는 아내를 의심하는 거야? 이번에는 그냥 넘어가지만 다음에도 나보고 선영이하고 잤느니 어쩌느니 하면 가만두지 않을 거야. 한 번만 더 또라이 새끼라고 해도 마찬가지고. 알았어? 이 쫀쫀한 새끼야."

"그럼 피로연에서는 왜 또 〈얄미운 사람〉을 불렀던 거야?"

진우가 약간 멍한 표정을 지었다.

"피로연장에서는 나 〈알미운 사람〉 안 불렀어. 〈진눈깨비〉. 조동진의 〈진눈깨비〉 불렀어. 기억 안 나냐?"

광수가 미간을 찌푸렸다.

"그럼 선영이는 왜 니가 피로연장에서 〈알미운 사람〉을 불렀다는 거야?"

"내가 아냐? 걔가 머릿속으로 무슨 생각을 하고 있는지 알면 나한테도 좀 가르쳐줘라. 당장 내가 답답하다. 답답한 사람은 나라고!"

사랑만 남겨놓고 떠나가느냐?

기억이 아름다울까, 사랑이 아름다울까? 물론 기억이다. 기억이 더 오래가기 때문에 더 아름답다. 사랑은 두 사람이 필요하지만, 기억은 혼자라도 상관없다. 사랑이 지나가고 나면 우리가 덧정을 쏟을 곳은 기억뿐이다. 사람도 없는 막차버스 맨 뒷자리에 나란히 앉아 집에까지 가는 동안 뭐가 그리 즐거웠던지 한없이 웃었던 기억, 아파트 근처 으슥한 벤치에 어깨를 붙이고 앉아 이런저런 얘기를 나누다가 문득 말을 멈추고 어색한 마음에 둘이서 처음 입맞췄던 기억, 자존심 때문에 공연히 투정을 부리다가 되려 그런 자신의 모습이 싫어 그만 혼자서 울어버린 기억, 사랑이 끝난 뒤 지도에 나오는 길과 지도에 나오지 않는 길과, 차가 다니는 길과 차가 다니지 않는 길과, 가로수가 드리워진 길과 어두운 하늘만 보이던 길을 하염없이 걸어다니던 기억. 모든 게 끝나면 유통기한이 지난 식

료품처럼 사랑했던 마음은 반품시켜야만 하지만, 사랑했던 기억만은 영수증처럼 우리에게 남는다. 한때 우리가 뭔가를 소유했었다는 사실을 알려주는 증거물. 질투가 없는 사람은 사랑하지 못한다고 말할 수 있는 것과 마찬가지로 기억이 없는 사람은 사랑했다는 증거를 제시할 수가 없다.

지난 초가을 두번째 만나던 날, 진우는 선영에게 자신을 좋아했던 기억이 여전히 남아 있음을 확인할 수 있었다. 함께 저녁으로 홍합솥밥을 먹고 국무총리공관을 지나 삼청동 골짜기 쪽으로 걸어 올라가노라니 진우는 십삼 년 전의 어느 가을 저녁으로 돌아간 듯했다. 삶의 순간순간이 어떤 무늬와 결로 이뤄졌는지 똑똑하게 보여주는 저녁 바람이 선영의 귀밑머리로 나부꼈고, 그 순간 진우는 자신이 살아 있다는 사실을 확인할 수 있었다. 자신이 진정으로 살아 있다는 걸 깨닫는 순간은 역설적이게도 당장 죽어도 좋다는 느낌이 들 때다. 그때 삶은 죽음을 뛰어넘는다. 삶이 죽음이라는 엄청난 장애물을 뛰어넘는 데 지렛대로 사용하는 게 바로 사랑이다. 외계인이 없다면 멀더의 존재 이유가 사라지는 것처럼 사랑은 장애물을 뛰어넘어야만 자신의 존재를 확인할 수 있다. 그 사실을 알았기에 인류 역사상 가장 큰 장애물을 만난 두 연인의 사랑을 다룬 영화 〈페드라〉를 수입한 한국의 영화 관계자는 '죽어도 좋아'라는 제목을 붙였던 것이다. 그건 "나의 고통은 다른 모든 고통과 다르다. 그것은 나를 기쁘게 만든다. 그리고 나는 그 고통을 즐긴다"라고 한 트리스탄의 대사를 떠올리게도 한다.

진우에게 가장 큰 장애물은 무엇일까? 친구와 결혼하게 된 옛 애인을 다시 사랑하게 됐다는 점이 아니라 그 옛 애인과의 사랑을 증명할 기억의 영수증이 한 장도 남아 있지 않다는 점이었다. 자신의 사랑이 위대하다는 것을 증명하기 위해 진우는 기억의 서랍을 수없이 들춰봤지만, 선영을 사랑했던 기억은 하나도 없었다. 물론 선영이 등장하는 기억은 많았다. 입학하자마자 모꼬지도 함께 다녔고 5월달에는 선영과 함께 시내에 나가 시위를 벌인 적도 있었고 가을 축제 때는 학교로 찾아와 "11월 총궐기로 노태우 정권 타도하자"고 구호를 외쳐 〈촛불〉을 부르기만 기다리던 어린 연인들을 당황하게 만든 정태춘의 공연을 보기도 했다. 하지만 그게 다였다. 그건 같은 과 다른 여자애에 대해서도 떠올릴 수 있는 기억이었다. 그런 기억이 아니라 사랑했던 기억이 필요했다. 그러니까 사랑이 끝나고도 오랫동안 혼자서 곱씹어야만 했던 기억이 필요했다. 영수증이 없다면 한때 위대한 사랑을 소유했었다는 사실을 증명할 방법이 없는 법이다. 사랑했던 기억이 없었으니 사랑도 없었던 것이며, 아울러 한 번도 선영에게 자신의 참된 모습을 보여준 적이 없었다는 얘기였다.

그걸 몰랐으니까 그날 술이 취한 진우는 끝내 줄 게 있다면서 선영을 자신의 집에까지 끌고 온 셈이었다. 드디어 진우가 어떤 사람인지 선영에게 낱낱이 드러날 참이었다. 진우는 선영을 침대에 눕

히고 입을 맞췄다. 술이 취한 선영은 깔깔거리며 진우의 입술을 피했다. 진우는 선영의 티셔츠 밑으로 오른손을 넣어 가슴을 만지며 왼손으로는 자신의 허리띠를 끌렀다. 진우에게 그런 일은 소총을 분해하는 일보다 더 쉬웠다. 티셔츠와 브래지어를 위로 밀어올려 선영의 가슴에 입술을 문지르다가 진우는 선영의 위로 기어올라가 선영과 입을 맞췄다. 그리고 선영의 귀에다 대고 속삭였다.

"사랑해, 사랑해. 선영아, 사랑해."

그 말을 들은 선영이 진우를 밀쳤다.

"얘, 사랑이라니? 사랑이 다 뭐야, 지금? 니가 왜 나를 사랑해?"

선영의 허벅지를 타고 앉은 진우가 비실비실 웃으며 선영의 허리띠를 두 손으로 잡았다.

"헤헤헤. 왜 그러니, 선영아. 너를 사랑한다고. 세상에서 너를 제일 사랑한다고. 왜 그러니? 아까 너도 술 마시면서 내가 좋다고 말했잖아. 지금도 나를 좋아한다고. 나도 마찬가지야. 아직도 너를 사랑해. 정말이야."

"정말이야?"

선영이 물었다.

"정말이지. 정말이고말고."

선영의 바지 지퍼를 내리면서 진우가 말했다.

"진짜야?"

"진짜지. 어화둥둥 내 사랑이지."

진우가 선영을 부둥켜안고 다시 입을 맞췄다. 선영은 진우의 혀를 받아들였다. 선영은 정신이 아득해졌다. 그래서는 안 된다고 생각했지만, 동시에 어쩔 수 없다는 생각도 떠올랐다. 선영의 마음은 진우를 밀어내고 싶었지만, 어쩐 일인지 두 손만은 진우의 등을 꽉 잡았다.

"너, 진짜 나를 사랑하기는 한 거니? 정말 그랬니?"

"아암. 당연하지. 아직까지도 사랑하지. 세상에서 이선영, 너만을 제일 사랑하지. 두말하면 잔소리고 세말하면 군소리지."

"믿기지가 않는다. 어떻게 그렇게 오랫동안 나를 사랑해왔다니."

"세상이 끝날지언정, 원래 진실한 사랑은 끝이 없는 법이야."

"정말 믿기지 않아서 그래. 니가 나를 사랑했다는 게."

"오죽했으면 내가 그때 〈얄미운 사람〉을 그렇게 소리내어 불렀겠니? 기억 안 나?"

선영의 팬티 속으로 진우가 손을 밀어넣었다. 갑자기 선영이 움찔하더니 진우의 손을 잡아 뺐다. 그러고는 자기 위에 올라탄 진우를 바라봤다.

"너 그게 다 기억나니? 니가 왜 그때 〈얄미운 사람〉을 그렇게 소리내어 불렀는지?"

"그럼."

선영이 진우를 밀치며 벌떡 몸을 일으켰다. 진우가 침대 한쪽으로 나가떨어졌다.

"그게 기억이 다 나면서 나한테 지금……"

선영은 입술을 부르르 떨었다. 금방이라도 눈물을 흘릴 것만 같았다. 진우는 우거지상이 돼버렸다. 도대체 뭐가 어디서부터 어떻게 잘못된 것인지 알 수 없었다.

"나한테 지금 나를 사랑했다고 말하는 거니? 아직도 나를 사랑한다고 말하는 거니? 세상에서 나를 제일 사랑한다고 말하는 거니?"

진우가 선영의 손을 잡았다.

"선영아, 왜 그러니? 내가 지금 거짓말하고 있는 것 같아? 내 눈을 봐. 내가 지금 거짓말하는 것 같아?"

선영은 진우의 손을 뿌리치고는 바지를 찾아 입기 시작했다. 팬티만 입은 진우가 그 바짓단을 붙들고 늘어졌다.

"이거 놔! 이거 놔! 좀 놓으란 말이야!"

"선영아, 왜 그래? 이유나 알자, 이유나. 왜 애써 벗어놓고 다시 입는 거니?"

"이유? 진짜 니가 이유를 꼭 알고 싶니? 알아봐야 좋을 게 하나도 없는데 알고 싶어?"

선영이 진우의 얼굴을 빤히 쳐다봤다. 진우는 고개를 끄덕였다.

"진짜야?"

"그래, 이유라도 말해봐. 대신에 지금은 옷 입지 마."

선영이 헛헛거렸다.

"참 내. 넌 니가 어떤 애였는지 하나도 기억하지 못하는구나. 진우야, 잘 들어봐. 자, 바지는 놓고. 그날 술이 취해서 우리집 앞에 와서는 니가 고래고래 노래를 부르더라. 사랑만 남겨놓고 떠나가느냐, 어쩌구저쩌구하면서. 니가 하도 막무가내로 나 데려오라고 소리치면서 노래를 부르니까 엄마가 동네 창피하다고 잠깐 나가서 널 잘 타일러 보내라고 하더라. 그래서 동네 놀이터에 너를 끌고 갔어. 멀찌감치 엄마와 언니와 남동생이 지켜보는 가운데 벤치에 앉았을 때, 니가 뭐라고 얘기했는지 알아?"

진우는 선영의 바지를 잡았던 손을 슬그머니 놓았다. 선영은 진우의 책꽂이 쪽으로 눈길을 한 번 줬다가 다시 입을 열었다.

"마음이 아파서 죽고 싶다고 그러더라. 죽고 싶다는 말, 잘도 하더라. 어찌나 밉던지."

"너 때문에 내가 죽어도 수백 번은 죽었을 거야."

그 말에 안심이 된 진우가 선영을 안으려고 몸을 일으켰다.

"그랬다면 내가 왜 널 미워했겠니?"

달려드는 진우의 가슴을 오른손으로 밀치며 선영이 말했다.

"88학번 희진 선배 때문에 마음이 아파서 죽고 싶다고 그러더라. 나 어떡하냐며 나를 안고 울더라."

진우가 약간 눈살을 찌푸렸다. '희진 선배? 88학번? 오, 빌어먹을. 그게 언젯적 얘기야.'

“그, 그, 그건 어렸을 때 얘기야. 아무것도 모를 때.”

변명하듯 진우가 얼버무렸다.

“나도 지금 어렸을 때 얘기하는 거야. 정말 아무것도 모르던 때. 순진해서 지금처럼 밀치지도 못하고 너한테 안겨 있던 때. 너한테 희진 선배 얘기 들을 때는 몰랐는데, 혹시 니가 갑자기 나를 덮치지나 않을까 해서 놀이터 입구에서 도끼눈을 하고 지켜보던 엄마와 언니와 남동생이 니 행동에 깜짝 놀라서 내게 뭐라고 손짓을 했는데, 그걸 보니까 갑자기 나도 모르게 눈물이 주르르 흐르더라. 당장 너를 버려두고 가고 싶어도 눈물이 흐르는 한에는 갈 수도 없는 노릇이고. 또 식구들한테는 뭐라고 얘기해야 하나, 그런 청승맞은 생각도 들고. 눈물만 마르면 뒤도 안 돌아보고 들어가려고 했는데, 그놈의 눈물이 참 오래도 흐르더라. 이 녀석아, 그래놓고선 니가 나를 사랑해서 〈얄미운 사람〉을 불렀다고 그러냐?”

마치 그 시절로 돌아간 듯 선영의 눈자위가 축축해졌다. 하지만 선영은 이내 마음을 다잡았다. 선영은 바지를 챙겨 입고 티셔츠를 집어들었다. 그런 모습을 멍하니 바라보던 진우가 다시 선영의 티셔츠를 잡았다.

“하지만 지금은 너를 사랑한단 말이야. 내가 잘못했어. 앞으로 〈얄미운 사람〉은 너를 위해서만 부를게. 선영아, 미안해. 사랑해. 제발 이러지 마. 옷 입지 마. 그때 내가 미쳤었나봐. 잘못했어. 사랑해. 다시 벗어, 옷.”

"너만 사랑하면 뭐하냐? 나는 하나도 사랑하지 않는데."

"아까 술 마시면서 나 좋다고 그랬잖아. 왜 이러는 거니, 선영아?"

"정신 차려, 얘. 내가 좋아한다고 말했지, 너한테 사랑한다고 그랬냐? 그 나이가 되도록 아직 사랑하는 것하고 좋아하는 것도 구별하지 못하냐? 그냥 좋아한다고. 진우, 너를 친구로서 좋아한다고. 지금 내가 사랑하는 사람은 광수야. 이것 좀 놔봐."

선영이 티셔츠를 확 잡아챘다.

"참 내, 좋아하는 게 사랑하는 거지. 뛰는 거나 달리는 거나. 너는 어떻게 좋아하기만 하고 사랑하지 않을 수가 있니? 그럼 너는 옛날에도 나 그냥 좋아한 것뿐이었어?"

"그때야 사랑했지. 최진우, 너를 사랑했었지. 나를 거들떠보거나 말거나 너무너무 사랑했었지. 하지만 지금은 아니야. 그냥 좋아할 뿐이야. 그러니까 이제 나 그만 집에 갈게, 응?"

선영이 티셔츠를 머리 위로 뒤집어쓰면서 말했다. 진우는 선영이 옷을 입지 못하도록 티셔츠 윗부분을 두 손으로 잡았다. 그리고 말했다.

"어떻게…… 사랑이 변하니?"

"아, 웃기는 소리 그만해, 좀. 이것 좀 놔. 이것 좀 놔."

진우가 손을 놓자 선영의 얼굴이 툭 튀어나왔다.

"그럼 이 늦은 밤에 왜 여기까지 따라온 거야? 너도 어느 정도 마음이 있었으니까 온 거 아냐?"

진우가 따져 물었다.

"니가 광수 몰래 뭐 줄 게 있다고 해서 온 거지, 너하고 이런 짓 하려고 온 거 아니야. 진우야, 곧 있으면 절친한 친구의 부인이 될 사람한테 이러면 안 되는 거 아니니? 번지수를 잘못 찾은 거야. 그 대학원생하고 잘해봐. 나는 너를 조금도 사랑하지 않으니까. 지금 내가 사랑하는 사람은 광수야."

선영의 말에 진우는 침대로 쓰러져 팔다리를 버둥거리며 난리를 쳤다.

"아, 젠장. 뭐가 이렇게 복잡하니? 그럼 나보고 어떻게 하라구? 사랑이 무슨 택배 물건이냐? 번지수를 잘못 찾았다고 바로 반품할 수 있게? 그냥 좋은 걸 어떡하냐? 다시 너를 사랑하게 됐는데, 니 결혼식에 가서 신랑 쪽에 부조해야 하나, 신부 쪽에 부조해야 하나, 사진 촬영 때는 신부 친구 쪽에 서야 하나, 신랑 친구 쪽에 서야 하나, 이런 고민이나 하란 말이니? 좋아, 날 사랑하지 않아도 좋고 광수랑 해로해도 좋으니까 오늘밤만은 나하고 지내자. 제발."

옷을 다 입은 선영이 천장을 바라보면서 무덤덤하게 말했다.

"그렇게 사랑할 때도, 하루라도 얼굴을 보지 못하면 니 생각 때문에 아무 일도 하지 못했을 때도, 니가 그러고 돌아가고 너 때문에 학기말 시험을 완전히 망쳤을 때도, 너를 마음속에서 지우기 위해 집이 있던 적선동에서 학교까지 걸어다닐 때도 너하고 안 잤는데, 내가 왜 십삼 년의 세월이 지난 오늘에 이르러 너와 잠을 자겠니? 웃기잖아."

진우는 벌떡 몸을 일으켰다.

"그럼, 그냥 하룻밤 즐긴다고 생각하고 나하고 지내자. 부부생활 연습하는 셈 치면 되잖아. 아, 이게 무슨 소리야. 젠장, 미치겠네. 이게 무슨 꼴이야. 정신 차리자, 최진우. 정신 차려!"

진우도 마음을 추스르려고 하는데 선영이 말했다.

"내가 너 지금도 좋아하는 거 알지? 애당초 니가 나하고 한번 자는 게 목적이었다면 그냥 잤을지도 몰라."

그 말에 진우가 다시 선영에게 달려들었다.

"그럼, 가지 마. 오늘밤만 나하고 같이 지내자. 부탁할게. 하루만. 제발. 니 인생에 딱 하루만. 딱 하루만 나하고 같이 자자."

"니가 나를 사랑한다고 말하는데, 어떻게 너랑 잠을 잘 수가 있겠니? 나는 너를 사랑하지 않거든. 사랑은 그런 데 쓰는 말이 아니거든. 니가 내게 사랑한다고 말하는 한에는 어떤 일이 생겨도 너랑 잠을 잘 수는 없는 거야. 무슨 말인지 알겠니?"

가슴을 만지는 진우의 손을 뿌리치고 일어서며 선영이 말했다. 진우는 침대를 주먹으로 내리치며 절규했다.

"그게 무슨 말이냐? 중국말이냐, 태국말이냐? 그럼, 나를 좋아하지 말아야지! 좋아한다며. 지금도 나 좋아한다며!"

"좋아하는 거는 좋아하는 거고 사랑하는 거는 사랑하는 거지."

선영이 침대에서 내려서자, 진우가 팔다리를 버둥거리며 소리쳤다.

“아, 미치고 환장하겠네. 누렁소나 황소나. 좋아하는 게 사랑하는 거지. 뭐가 그렇게 복잡해?”

“야, 꿩 다르고 닭 다른데 그게 어떻게 같냐?”

“그러면 좋다, 선영아. 결혼은 닭하고 하고 나하고는 연애하자. 그럼 되잖아, 어때?”

“너도 소설가라고 결혼이 미친 짓인 줄 아니?”

“미친 짓이지. 이렇게 미칠 데가 또 있을까?”

“정신 차려, 진우야. 사랑이라는 건 서로 아끼고 위하는 거야. 사랑이란 한 번 사랑했다는 기억만으로도 영원할 수 있는 거야. 하지만 슬프게도 너한테는 그런 기억이 없는 모양인데, 그렇다면 사랑이라는 말을 쓰면 안 돼.”

진우가 몸을 벌떡 일으켰다.

“사랑이 뭐끼고 뭐하는 거라고? 맞아, 선영아. 나도 그러고 싶어. 너하고 하고 싶어. 나, 너 사랑해. 니가 내 영원한 사랑이란 말이야. 널 처음 봤을 때부터.”

“으이그. 나한테 어떻게 했는지 기억도 못하면서. 자기가 어떤 사람이었는지도 모르면서. 나 간다.”

선영이 잽싸게 거실로 나갔다.

“선영아! 가지 마. 선영아! 선영아! 사랑해. 선영아! 가지 마.”

그러나 현관문이 닫히는 소리만 들려올 뿐이었다. 진우는 혼자 쑤얼거렸다.

"아, 젠장. 도대체 왜 얼굴도 기억나지 않는 여자를 두고 그런 노래를 불렀다는 거야?"

눈이 녹으면 그 하얀빛은?

비의 감식가가 있다면, 그날의 비를 두고는 구근을 적시는 비라고 했을지도 모른다. 이를테면 구근球根이 아니라면 구근久勤일 테다. 봄이었고 광수는 그때까지도 한 가지 생각뿐이었으니까. 빗속에 늘어선 자동차들의 붉은 미등 불빛이 아스팔트 위로 흐르는 물기에 번뜩거리는 광경을 광수는 뚫어져라 바라봤다. 자동차 안으로 눅눅한 습기가 번지고 있었다. 광수는 손을 뻗어 라디오를 켠 뒤, 이리저리 주파수를 맞췄다. 라디오 안에서 누군가는 시내 교통상황을 전하기도 했고 누군가는 북한 핵문제에 관한 속보를 전하기도 했고 누군가는 노래를 부르기도 했고 누군가는 초대손님을 놀리며 시간을 보내기도 했다. 세상에는 참으로 많은 사람들이 살고 있었다. 사람들은 저마다 그 수많은 사람들 중의 한 사람이지만, 그 수많은 사람들을 모두 합친 것보다 더 큰 존재다. 예컨대

1천 송이의 꽃이 있다고 치자. 한 송이 꽃은 1천 송이 중 하나의 꽃에 지나지 않지만, 그 한 송이 꽃이 없다면 999송이의 꽃은 존재할지언정 1천 송이의 꽃은 존재할 수 없는 법이다. 사랑을 한다는 건 그 한 송이 꽃을 통해 1천 송이의 꽃을 사랑한다는 뜻이다. 그리고 그 사실을 통해 자신도 1천 송이의 꽃이 되는 한 송이 꽃이라는 사실을 납득하는 일이다.

이윽고 신호가 바뀌고 광수는 기어를 넣었다. 방향등을 반짝이던 자동차들이 일제히 왼쪽으로 움직이기 시작했다. 광수도 서서히 자동차를 앞으로 몰았다. 뜨거운 햇살을 받아 땀을 흘리기라도 하는 것처럼 앞 유리창에 빗방울이 송골송골 맺혀들었다. 광수의 마음속 깊은 뿌리로도 이제 너무나 지루했던 지난겨울은 기억 속 저멀리로 떠나버렸다는 사실을 알리는 투명한 물방울이 송골송골 맺혀들었다. 견디기 힘들었던 겨울을 모두 지나왔다는 사실을 깨닫게 되자마자 웬일인지 안도감이 아니라 아쉬움이 광수의 마음에 남았다. 세상에 변하지 않는 것은 하나도 없다네. 라디오에 자신에게도 할당된 주파수가 있었다면 광수는 밤새도록 그 말만 되풀이해서 말했을 것이다. 세상에 변하지 않는 것은 하나도 없다네. 그 사실이 얼마나 아쉬운 것인지, 그러면서도 그게 또 얼마나 마음 편하게 하는 것인지, 내리는 봄비를 바라보며 광수는 뼈아프게 느낄 수 있었다. 아이들은 자라나 어른이 된다지만, 어른들은 자라나 무엇이 될까?

아수라장을 방불케 하는 신촌로터리의 복잡한 길을 뚫고 신촌의 뒷길로 접어든 광수는 얘기 들은 대로 세번째 모퉁이에다 차를 세웠다. 딱딱딱딱, 방향등이 점멸하고 있다는 사실을 일러주는 소리가 규칙적으로 들렸다. 시동을 끄자 그 소리와 함께 계기판의 모든 불이 꺼졌다. 광수는 가만히 앉아서 주위를 둘러봤다. 길게 선을 그으며 미끄러지는 빗방울에, 우산을 쓰고 지나가는 취객들의 모습과 뒷골목 가게들의 환한 네온사인 불빛이 흐려지기 시작했다. 광수는 잠시 그렇게 앉아 있다가 바깥 풍경의 윤곽이 완전히 지워진 다음에야 차문을 열고 밖으로 나왔다. 물방울을 머금은 찬 기운이 훅 얼굴로 밀려오는 바람에 절로 움츠러든 몸으로 광수는 검은 우산을 펼쳤다. 후드득 우산으로 빗방울이 떨어지는 소리가 들렸다. 광수는 잠시 두리번거렸다. 족발집과 편의점 사이 노래방으로 올라가는 계단참이었다. 거기에서 선영이 두 팔로 무릎을 감싼 채 쪼그리고 앉아 빗방울이 떨어지는 걸 지켜보고 있었다. 광수는 선영을 부르려고 입을 벌렸다가 그냥 긴 숨을 들이켜기만 했다. 광수는 잠시 그렇게 서서 선영을 바라보기만 했다. 등에 멘 검은 가방이며 이마를 따라 흘러내린 머리칼이며 이상하리만치 툭 튀어나온 것처럼 보이는 두 무릎이며. 그러다가 광수는 오른손으로 입가를 한 번 쓰다듬고는 앞으로 걸어갔다.

"선영아, 나야. 오래 기다렸어?"

선영이 고개를 들고는 광수를 향해 배시시 웃었다.

"광수구나. 광수 왔구나. 아니, 오래 안 기다렸어. 광수야, 빨리 와. 나 좀 집에 데려가."

선영이 벌떡 일어서서 빨리 오라는 듯 손을 흔들다가 갑자기 허리를 숙이고 허벅지를 잡았다. 너무 오래 앉아 있어 쥐가 난 모양이었다. 광수는 검은 우산을 접고는 선영이 선 계단참으로 가서 나란히 섰다. 선영은 주먹을 쥐고 허벅지를 두들겼다.

"쥐 났어? 괜찮아?"

"괜찮아. 이거, 몸에 피가 많지 않아서 그래."

"헤모글로빈이 부족해서 그런 거야?"

"바보, 헤모글로빈은 산소를 운반하는 거지. 나는 피가 모자라다니까."

선영이 허벅지를 두들기던 손으로 무릎을 잡고 몸을 수그린 채 가만히 아래쪽만 내려다보고 있었다. 광수는 고개를 들어 하늘을 바라봤다. 신촌에서 바라보는 밤하늘은 검은색이 아니라 탁한 분홍색이었다.

"비가 되게 많이 내리네, 꼭 장마처럼. 올해 피는 꽃은 물기가 많아서 축 늘어지겠다."

혼잣말처럼 광수가 중얼거리는데, 갑자기 선영이 쓰러지듯이 주저앉아 헛구역질을 몇 번 했다. 광수가 얼른 몸을 수그리고 선영의 등을 두들겼다. 왈카닥 몸을 떨어대는 선영의 등을 두들기는데, 이층 노래방에서 사람들이 걸어내려오기 시작했다. "야, 오비맥주가 동양맥주란 뜻이라 카대. 오리엔탈 브루어리의 약자라 카대." "SBW는 쌍방울의 약자래." "SBW가 뭐라?" "학교 앞에 분식점 있잖아. SBW분식." 사람들이 계단을 밟고 내려오는 소리가 들리자, 선영이 일어서더니 족발집 옆 작은 쪽문으로 가서 속을 게워내기 시작했다. 광수는 얼른 검은 우산을 펼쳐들고 선영을 쫓아갔다. 너머가 족발집 주방인지 밖으로 잡아 뺀 환풍 장치에서 하얀 김이 뭉게뭉게 피어올랐다. 광수는 선영의 옆에 쪼그리고 앉아 등을 두들겼다.

"이렇게 먹은 거 다 게워내니 피가 모자라지."

"원래 피가 모자라. 게워내서 모자란 게 아니고."

헛구역질이 조금씩 잦아들자, 선영은 축 늘어졌다. 등을 두들기던 광수는 선영을 잡아 일으켰다. 우산을 들었기 때문에 한 손으로만 잡아 일으키려니 여간 힘들지 않았다. 몇 번 낑낑대다가 광수는 우산을 내던지고 두 팔로 선영을 안아 세워 차 쪽으로 끌고 갔다. 뒤에서 광수가 겨드랑이 사이로 손을 넣어 자신을 부축하자, 선영이 간지럽다며 낄낄거렸다. 노래방에서 나와 갈 곳을 의논하던 사람들이 그 두 사람을 힐끔거렸다. "그런데 니가 잘못 알고 있는 거 아이가? 그거 솔방울의 약자인기라. 그 집 이름이 원래 솔방울분식이었다. 쌍방울분식이 아이고."

"안 취했어, 나 안 취했다니까."

선영이 두 팔을 버둥거리며 말했다. 광수는 조수석의 문을 열고 선영을 밀어넣은 뒤, 다시 빗속을 달려 내던진 우산을 집어들고 운전석으로 들어왔다. 광수는 한숨을 내쉰 뒤, 헤드라이트 불빛을 밝혔다. 노래방 앞에 선 사람들이 인상을 찌푸리며 빛을 가리려고 손을 들었다. 광수는 방향등을 밝히고 왼쪽으로 차를 몰고 나갔다.

"아까 편의점에 갔었는데……"

눈을 감은 채 창문 쪽으로 비스듬하게 머리를 기댄 선영이 오른손으로 머리를 누르며 말했다.

"그런데?"

"왜 우유는 만날 흰우유 아니면, 딸기우유 아니면, 초코우유 아니면, 커피우유뿐이냐? 왜 다른 우유는 없는 거야?"

"바나나우유 있잖아."

"아, 그렇구나. 그래, 맞아. 바나나우유가 있었지. 그걸 몰랐네."

선영은 몸을 뒤척이더니 다시 입을 열었다.

"아니, 내 말은 그게 아니라, 어, 우리는 살아가면서 늘 뭘 하나를 선택해야 되잖아. 이게 아니면 저거. 그게 아니면 요거. 선택을 해야만 되잖아. 그래야 되잖아."

"뭐가 그래야 돼?"

옆에 앉은 선영을 힐끗 바라보면서 광수가 말했다.

"아휴, 참. 사람 말귀를 못 알아듣네. 어떤 우유를 마실 것인지 선택해야만 하잖아. 흰우유를 마실 건지, 딸기우유를 마실 건지, 초코우유를 마실 건지, 커피우유를 마실 건지. 또 뭐라 그랬니, 아까?"

"바나나우유."

"그래, 바나나우유를 마실 건지. 그렇게 놓고 보니까 뭘 마셔야 할지 모르겠더라고. 바나나우유가 있다는 걸 알았으면 그걸 마시는 건데……"

"그래서 뭘 마셨니?"

큰길로 빠져나오며 광수가 물었다.

"아무것도 안 마셨어. 나 잘했지?"

"뭘 잘해?"

"아니, 마셨으면 다 게워냈을 거 아니야. 돈 아깝잖아."

그 말에 광수의 굳었던 얼굴이 흐물흐물 풀리며 웃음이 터졌다.

"광수야, 사랑해. 알지? 내가 너 얼마나 사랑하는지. 얼마나 오래전부터 너를 사랑해왔는지. 알지? 너를 처음 볼 때부터 사랑했다는 거."

"사랑이라니, 선영아. 무슨 소리야? 오래전부터 나를 사랑해왔다니, 그게 무슨 소리야?"

"진짜야, 광수야. 왜 그렇게 놀라니? 진짜야. 내 마음 믿어줘. 너, 요즘 너무 무섭단 말이야. 진짜야. 사랑해."

그러더니 선영은 훌쩍거리기 시작했다. 광수는 두 손으로 핸들을 꽉 움켜쥐고는 멍하니 앞쪽만 바라봤다. 차창으로 쏟아지는 빗소리에 광수는 귀를 기울였다.

"빗소리가 꼭 젖은 눈으로 속삭이는 소리 같네. 사랑해. 사랑해. 사랑해."

광수는 머리를 절레절레 흔들었다. 넉 달 전, 광수는 결혼식장에서 팔레노프시스로 꾸민 부케를 뒤에 선 친구에게 던지기 위해 왼쪽으로 고개를 살짝 돌리는 선영의 모습을 스쳐봤다. 그렇게 짧은 순간에 광수는 자신의 결혼에 지극히 사소한 문제가 하나 있다는 걸 알아차렸다. 선영은 그때까지 그에게 사랑한다는 말을 한 번도 하지 않았던 것이다. 좋아한다고는 말했지만, 사랑한다는 말은 한 번도 하지 않았다. 부케를 바라보는 내내 광수는 그런 생각뿐이었다. 선영은 원래 사랑한다는 말을 안 하는 사람일까, 아니면 광수에게만 그런 것일까? 옛날에 진우와 사귈 때도 사랑한다는 말을 안 했을까? 그러다가 광수는 선영이 던지려던 부케의 오른쪽 윗부분에 부러진 채 달랑달랑 매달린 팔레노프시스 한 송이를 보게 됐다. 광수는 모든 일이 거기서 시작됐다고 생각했다.

"미안해, 광수야. 사랑해. 믿어줘. 진짜야. 미안해. 사랑해."

중얼거리던 선영의 목소리가 조금씩 잦아들었다. 광수는 앞차의 미등만 바라봤다.

"아까 자다가 니 전화 받고 밖으로 나오려는데, 비가 오더라. 비가 오네, 혼잣말하면서 차를 몰고 나오다보니까 문득 이제 봄이라는 생각이 들었어. 나무의 뿌리들도 이제 빗물을 모아야 하겠지. 다시 자라려면. 그런저런 생각을 하다보니까 갑자기 지난겨울이 떠오르는 거야. 선영아, 지난겨울에 눈 많이 내렸잖아, 그지? 골목길에 쌓이기도 하고, 그냥 녹아서 질퍽거리기도 하고. 그러다가 지금은 다 녹아버렸지. 그런 생각이 들더라. 눈이 녹으면 그 하얀빛은 과연 어디로 가는 걸까? 선영아, 너는 아니? 눈이 녹으면 그 하얀빛은 과연 어디로 가는지?"

선영은 아무런 대답도 하지 않았다. 광수가 돌아보니 선영은 잠들어 있었다. 광수는 잠시 선영을 흔들어보다가 손을 뻗어 라디오를 켰다. 여윈 몸을 떠올리게 하는 피아노 반주에 맞춰 그만큼이나 마른 목소리로 한 여자가 이별 노래를 불렀다. 빗줄기 사이로 줄지어 멈춰 선 검은 윤곽의 자동차들 위로 신호등의 붉은 불빛이 빛을 뿜어내고 있었다. 우산을 쓴 사람들이 횡단보도를 건너갔다. 그 어두운 풍경을 내다보며 광수는 혼자서 중얼거렸다. 눈이 녹으면 그 하얀빛은 과연 어디로 가는 걸까?

그제야 세상에 팔레노프시스 때문에 일어나는 일이란 없다는 사실을 광수는 깨달았다.

사랑은 어른들의 학교다

첩 죽은 바람인 양 훈훈한 봄바람이 옷자락을 파고들던 3월의 어느 날이었다. 정확하게 말하자면, 서귀포에서 시작해 시속 1.1킬로미터씩 아기걸음으로 북상한다는 개나리가 서울을 328킬로미터 정도 앞두고 노란 꽃을 터뜨리기 시작하던 무렵이었다. 교보문고에 들른 진우가 책을 찾아 심리학 서가를 지나 걸어가는데, 갑자기 누군가 이름을 부르면서 어깨를 툭 쳤다.

"책 보러 온 거야?"

선영이 물었다.

"어, 그냥. 사람들이 얼굴 알아볼까봐 서점에는 잘 안 나오는데. 마음은 콩밭에 가 있는데 신세는 은행나무 신세니, 하도 답답해서."

"머리 짧게 깎아서 뒤통수만 보고는 긴가민가했네. 넌 정말 입이 보배구나. 나도 못 알아볼 정도인데 누가 너를 알아본다고 그러냐? 으이그, 허풍하고는. 잘 지냈어?"

선영의 말에 괜히 뒤통수를 어루만지며 진우가 대답했다.

"그래도 많이 자란 머린데. 잘 지내지, 뭐. 나야 끈 떨어진 뒤웅박에 물 없는 기러기 꼴이지. 너는 잘 지내는 모양이네. 슬픈 음악 마냥 내 마음 울려놓더니만. 살도 좀 찐 것 같고."

그 말에 볼이 약간 붉어진 선영의 입꼬리가 조금 올라갔다. 진우가 어디 가서 커피라도 마시자고 할 참이었는데, 선영이 불쑥 말했다.

"살쪄 보이지? 허리도 굵어지고. 좋은 일이 생겼거든."

"드디어 서초동 가정법원에 볼일이 생겼구나. 합의이혼 하는 방법이라면 내가 잘 설명해줄 수 있는데. 가자, 내가 설명해줄게."

"노총각 주제에 홀아비 중매 설 일 있냐? 니 앞길이나 잘 살피셔."

선영이 정색하고 진우의 팔뚝을 툭 쳤다. 진우는 그 표정에 마음이 부대꼈다.

"그것말고 좋은 일이 뭐가 있어?"

"나중에. 나중에 얘기해줄게. 정 궁금하면 광수한테 물어보든지."

선영이 손으로 입을 가리며 낮은 소리로 웃었다. 선영의 눈동자를 바라보던 진우가 왼쪽 어깨에 멘 가방을 오른쪽 어깨로 옮겨 메면서 말했다.

“저기, 너 안 바쁘면 어디 가서 커피나 마실래?”

진우는 선영의 소매를 잡아끌었다.

“잠깐만 마시자, 응? 금방 후루룩 마시면 되잖아. 응, 선영아. 내가 언제 죽을지도 모르는데, 그 정도 소원도 못 들어주냐?”

“니 말마따나 언제 죽을지도 모르는 사람 소원을 내가 왜 들어주냐? 안 돼!”

진우는 선영의 소매를 쥐고 흔들었다.

“선영아, 십 분만. 오 분만. 삼 분만.”

선영이 진우의 손을 뿌리쳤다.

“미안한데, 나 당분간은 커피 마시면 안 되거든.”

“그럼, 다른 거 마시면 되잖아. 오렌지주스나 녹차나.”

그러다가 진우는 갑자기 어리숭한 표정으로 선영을 바라봤다.

“너, 혹시?”

선영이 진우의 말을 자르며 소리쳤다.

“토요일 저녁이나 일요일에는 광수도 집에 있으니까 연락하고 그때 한번 놀러 와라. 너, 요새 연락도 없다고 광수도 궁금해하더라. 니들은 친구라면서 서로 연락도 안 하고 사니? 그럼, 나 먼저 갈게. 책 보다가 잘 들어가. 안녕.”

“서, 선영아!”

하지만 손을 흔들고 돌아선 선영은 대꾸 없이 경제경영 서가 쪽으로 걸어갔다. 진우가 소리쳤다.

"언제까지 커피 마시면 안 되는데? 선영아!"

진우의 뒤에서 "잠시 지나가겠습니다"라는 말이 들렸다. 뒤를 돌아보니 여직원이 책을 한 뭉치 들고 서 있었다.

"너무 큰 소리로 말씀하지는 마세요."

진우는 다시 선영이 떠난 쪽을 바라봤다. 선영은 사라지고 없었다. 진우가 여직원의 이름표를 바라보며 말했다.

"여자들, 임신하면 커피 안 마시나요?"

느닷없는 진우의 말에 당황한 여직원은 억지로 입가에 미소를 띠면서 상냥한 목소리로 대답했다.

"그럼 남자들은 계속 마시나요?"

그 요령부득의 말이 무슨 뜻인가 생각하면서 한동안 여직원의 얼굴을 멀뚱멀뚱 바라보다가 한 걸음 뒤로 물러서며 진우가 말했다.

"지나가세요."

책을 몇 권 사든 진우는 한국통신 앞에서 마을버스를 기다리면서 맞은편 세종문화회관의 디지털시계를 골똘히 바라보다가 무슨 생각이었는지 미국대사관 방향으로 걷기 시작했다. 걸어가면서 진우는 경상남도 거제군 일운면 선창리 지심도에 피어날 동백과 전라남도 광양군 다압면 섬진리 매화마을에 피어날 매화와 전라남도 구례군 산동면 위안리 상위마을에 피어날 산수유를 차례로 생각했다. 진우에게 봄은 그 순서대로 찾아왔다. 진우는 과연 봄이 어디까지 온 것인지 궁금했다.

미국대사관과 문화관광부와 시민열린마당을 지나 동십자각 지하보도로 들어간 진우는 잠시 뒤, 건너편 계단을 밟고 올라왔다. 광화문 뒤에 있는 매표소에서 입장권을 끊고 경복궁 안으로 들어간 진우는 하릴없이 궁전 건물과 문마다 매달린 이름표를 하나하나 읽으며 걸었다. 근정문, 근정전, 만춘전, 사정전, 천추전, 경회루. 봄바람에 여우 눈물 흘린다더니 경회루 연못까지 이르러 가만히 서 있자니 진우의 몸이 으슬거렸다. 담배에 불을 붙이고 경회루 연못 근처에 쪼그리고 앉아 진우는 시속 1.1킬로미터가 얼마나 느린 걸음인지 돌멩이를 잡고 바닥에 숫자를 적어가며 계산해봤다. 1초에 30센티미터씩 걷는 속도였다. 그렇게 느려서야 기다리다가 목이 빠지겠네.

그런 하나 마나 한 생각을 하면서 진우는 손에 쥐고 있던 돌멩이를 연못으로 던졌다. 그러자 연못 속에 있던 비단잉어들이 과자라도 주는가 싶어서 잔뜩 몰려들었다. 뭔지도 모르면서 그저 파문만 일면 달려드는 비단잉어들이 한심하기도 하고 어리석기도 해서 돌멩이를 하나둘 던지다가 아예 잔돌을 한 움큼 집어들어 물에 뿌렸다. 그랬더니 모여들라는 비단잉어는 잽싸게 모습을 감추고 감색 점퍼를 걸친 중늙은이 하나가 나타났다.

"이 한심한 청춘아, 그러지 말어. 먼지 나잖아. 왜 가만히 있는 물고기들을 괴롭혀? 것두 한국에서 제일가는 명소에서. 술은 사또

하고 마셨으면서 왜 애꿎은 머슴한테 주정하는겨?"

그러더니 그 중늙은이는 진우를 지나 한쪽에 가이드와 함께 서 있는 외국인에게 손에 들고 있는 걸 건네주며 말했다.

"디스 이즈 유아 픽처."

"올 라잇. 베리 굿. 쌩큐."

외국인이 꼭 경복궁 분양 안내 브로슈어처럼 생긴 인쇄물을 펼치며 말했다. 그 안에는 경회루를 배경으로 정승 복장을 한 그 외국인의 사진이 들어 있었다. 진우는 사진을 건네주고 돌아가는 중늙은이 앞으로 나섰다.

"그거 한 번 찍는 데 얼맙니까?"

중늙은이는 진우를 아래위로 한 번 훑어보더니 아무런 대꾸 없이 한쪽을 가리켰다. 영어·중국어·일본어·한국어 등으로 "사진 촬영 후 25분 완성됩니다"라고 써놓은 폿말이 보였다. 그 아래에는 각종 궁중의상을 입고 찍은 사람들의 사진이 샘플로 전시돼 있었다. 가격은 1500엔, 13달러, 15000원.

진우는 중늙은이가 이끄는 대로 따라갔다. 중늙은이는 한복을 걸어놓은 옷걸이를 가리켰다. 옷걸이에 걸린 옷을 이리저리 살펴보다가 진우는 익선관에 홍곤룡포를 택했다. 진우는 점퍼를 벗고 홍곤룡포를 걸쳤다. 그 모습을 유심히 바라보던 중늙은이가 말했다.

"그런데 지금 혼자 사진 찍을 거요?"

"예. 안 됩니까?"

"안 될 거야, 없지요. 곤룡포 걸쳤으면 왕비가 옆에 서야 하는데, 아쉬워서 그러지요."

사진관처럼 꾸며놓은 가건물 안으로 들어가 디지털카메라를 들고 나온 중늙은이를 따라 진우는 경회루 쪽으로 움직였다. 사람들이 진우의 모습을 힐끔거렸다. 소소리바람이 바닥을 한 번 휩쓸고 지나갔다. 등뒤의 경회루를 넘겨다보면서 진우가 잣나무 옆에 자리를 잡고 섰다.

"아니, 나무에서 좀 떨어져봐요. 왼쪽으로. 조금만 더. 아니, 그만. 다시 오른쪽으로."

사람들이 조금씩 진우 쪽으로 몰려들었다. 진우는 중늙은이가 시키는 대로 어깨를 쭉 펴고 가슴을 내밀었다.

"상감이야, 상감. 그 옷 입고 있는 동안 상감이라고. 자, 자, 그럼 찍습니다. 움직이지 마시고. 웃으시라고. 하나 둘 셋."

진우는 눈을 부릅뜨고 렌즈를 바라봤다.

해설

형상기억 브래지어를 벗어던지다

김형중(문학평론가)

1

그닥 젊지 않단 생각을 하게 될 때가 있다. 가령 김연수의 소설을 읽을 때 그러하다. 학번 따지고 나이 따져서 호형호제의 서열을 정하자고 이러는 게 아니다. 이제 슬슬 젊음이 부러워질 나잇살은 되었다고, 유독 굵고 뻣뻣한 새치 몇 가닥에도 흰머리 운운하는 심사로 이러는 것도 아니다. 문단에서의 나이 셈이란 시대의 흐름에 역행하는 데가 없지 않아서, 쉰 넘어서야 중견 소리 듣기 십상인데다 사십 줄 들어 '젊은 작가' 특집에 실리게 되었다 해도 별로 억울할 것 없는 줄 모르는 바 아니다. 어른들이 듣자면 이맛살 찌푸리지 않기는 힘든 소리지만, 그럼에도 김연수의 소설을 읽다보면 자주 그 두세 살 차이를 따져보게 된다. 86년과 89년의 차이는 그냥 햇수 삼 년 차이가 아니다.

십수 년이 지난 이즈음에 와서야 극명해지게 된 그 차이는 이를테면 광수의 친구 태현과 태현의 조롱 속에 등장하는 떠버리 이사의 차이와 같다. "바야흐로 대망의 영문학과 89학번 2002년 송년회 겸 광수와 선영의 집들이가 열린, 12월 초의 서늘한 밤이 점점 더 깊어가고 있을 무렵"(71쪽) 태현이 말꼭지를 딴다.

"(……) 서로 얘기를 나눈 지 십 분도 지나지 않아 현대사회에서 인간을 신뢰한다는 게 얼마나 위험한 일인가를 몸소 보여준 인간은 내 인생에 그 인간이 처음이자 마지막일 거야. 박노해는 사상적 동지고 조용필은 절친한 선배, 정몽준은 인생의 스승이래. 더 웃긴 것은 지 아버지 집이 하도 많아서 전국 어디에 몇 채가 있는지도 모른다고 떠벌리던 새끼가, 지 말대로 하자면, 서울지검 김모 공안검사의 악랄한 획책으로 수배가 떨어졌을 때는 갈 곳이 없어서 경남하고도 양산 어딘가까지 기어들었다는 거지. 그러면서 서울지검 김모 공안검사가 북한에는 김정일, 남한에는 박정일이라고 그랬다는 얘기가 지금도 운동권들 사이에서는 전설처럼 내려온다고 떠벌리더라. 그래서 진우, 너는 아는가 싶어서 물어본 거야."(72쪽)

요컨대 두 사람의 차이는 '망상'과 '냉소' 간의 차이다. 십수 년이 지난 이즈음 삼 년의 차이는 망상과 냉소 간의 차이만큼 멀다.

더러 김연수의 세대에게서도 망상이 나타나지 않는 것은 아니나 (대개 소설이 아닌 평론의 형태로 나타난다), 일반적으로 '떠버리 이사'가 보여주는 유형의 망상은 보다 깊숙이 80년대에 개입했던 세대에게서 주로 나타난다. 그러한 망상의 '증상 형성과정'에 대해서는 가장 김연수다운 주인공 진우의 말을 들어보는 것도 좋겠다.

"난 후일담 소설만 보면 형상기억 브래지어가 생각나. 세탁기에 돌리면 일반 브래지어가 좀 상하듯이 사회에 나가면 적당히 망가져야만 하는데, 그러지 못하는 사람이 많거든. 졸라리 많아. 망가지는 게 정상인데, 자꾸 옛날의 기억으로 돌아가니까 이거 문제가 많은 거지. 자기 젖은 AA컵이 됐는데, 브래지어는 아직도 D컵뿐이니 그 빈자리가 얼마나 허전하겠냐? 그러니까 자꾸만 돈에 미치거나 과대망상에 빠지거나 잃어버린 세월을 돌려달라고 말하는 거지. 그 문제 해결하는 건 간단하거든. 새로 AA컵 사면 돼."(78~79쪽)

너무 냉소적이라는 비판은 감수해야 하겠지만, 진우와 태현의 말은 전혀 틀린 말이 아니다. 그러나 80년대 중반 세대들은 그런 식으로는 말하지 못한다. 그것은 마치 제가 낳아놓은 자식이 아무리 못났어도 제 자식 아니라고는 말하기 힘든 것과 같은 이치다. 그러나 김연수 세대는 그런 식으로 말할 수 있다. 객쩍은 나이 타령의 이유가 여기에 있다. 아마도 그 이삼 년 차이가, 87년 6월과 91년 5월 간의 차이만큼, 이한열과 박승희의 차이만큼, 혹은 기만적이었지만 평생을 두고 잊지 못할 정도로 거대하기도 했던 승리와, 열광적이었지만 대상을 잃어버려 막막하기만 했던 분노 간의 차이만큼은 거대한 것이었기 때문일 것이다.

80년대 중·후반의 그 많던 유명 무명의 민중문학 작가들이 침묵의 나락 속에서 헤어나지 못했던 이유도 여기에 있다. 그들은 모두 제 젖에 맞는 브래지어를 구하지 못했다. 그들의 브래지어는 자꾸 옛 형상을 고집했다. 그러나 김연수의 세대는 달랐다. 김종광은 오래된 충남 보령산 형상기억 브래지어를 21세기형 신모델로 바꾸어 착용했고, 백민석은 꽹과리와 징 모양의 얇고 넓은 형상기억 브래지어를 온갖 하위문화 기호로 콜라주된 활동성 브라탑으로 교체했다. 몇몇 이름들을 더할 수도 있을 것이다. 영화도상학자 김경욱, 시장통 페미니스트 이명랑, 뒤늦은 세대의 대변자 류소영 등. 물론 그들의 시도는 비난의 대상이 아니다. 그간 우리 소설이 자주 잊어버렸던 것들 중 하나가 바로 "좋은 낡은 것 위에 세우지 말고, 나쁜 새로운 것 위에 세워라"라고 하는 브레히트의 경구였기 때문이다.

2

이들 세대에게 '나쁜 새로운 것'은 일차적으로 대중문화이다. 그렇다면 다음과 같은 진우의 대사로부터 〈개콘〉(차이나는 반복, 리토르넬로의 대중문화판 기호임에 틀림없는)의 '옥동자'를 떠올릴 수 있는가 그러지 못하는가는 결코 작은 차이가 아니다.

> "공안검사 비트 파는 소리 하네. 북한에는 김정일, 남한에는 장정일이지. 문학도 모르는 것들이 잘난 척하기는."(72쪽)

다른 예들도 있다. 술 취한 진우가 친구 광수와 결혼을 앞둔 옛 애인 선영을 자신의 원룸에까지 데려와서는 다음과 같이 소리친다. "사랑해, 사랑해. 선영아, 사랑해."(108쪽, 어디서 많이 듣던 소리다. 모르겠거든 인터넷에서 여성 포털사이트를 뒤져볼 일이다). 선영이 아무렇지도 않게 진우의 사랑고백을 거부하자, 다시 그가 말한다. "어떻게…… 사랑이 변하니?"(113쪽, 역시 어디서 많이 듣던 소리다. 모르겠거든 유지태를 만나보거나 '봄날이 가기'를 기다릴 일이다). 결국 참다못한 선영의 일갈은 아무래도 이만교의 소설 제목, 혹은 엄정화가 나온 영화 제목을 닮았다. "너도 소설가라고 결혼이 미친 짓인 줄 아니?"(116쪽) 요컨대 김연수 역시 90년대 중반 문학 속으로 대거 이주해 들어온 대중문화 기호들을 자신의 소설세계에 정착한 새 주민으로 인정하고 있음에 틀림이 없다.

이러한 구절을 읽고 서슴없이 웃는가 엄숙한 척 헛웃음 치는가의 차이 역시 결코 작은 차이가 아니다. 그 차이는 바로 문학적 자양분의 차이이자 '세대 차이'(계급 차이만큼이나 적대적인)이기 때문이다.

3

그러나 김연수의 소설을 '문화형성소설'이나 '문화적 댄디즘'의 소산으로 보아서는 곤란하다. 그의 소설세계 속에는 문화탐닉자들이나 문화애호가들만 사는 것이 아니라 아주 지적이고 냉철한 다른 주민들 또한 자리를 잡고 살고 있기 때문이다. 가령 다음은 '광수 생각'이다.

> 결혼식을 치르고 난 뒤에야 광수는 결혼이 남녀 사이가 아니라 집단 사이에 성립되는 상호 증여의 한 형식이라는 레비스트로스의 말을 이해할 수 있었다. 결혼식에는 관련된 모든 집단의 구성원들이 참여한다. 서로 인사하고 축하하고, 먹고 마시고, 웃고 떠들고. 거기에 참여하지 못하는 사람은 앞에 서서 사랑을 맹세하는 두 남녀뿐이다.(20쪽)

레비스트로스만이 아니다. 광수는 낭만적 사랑에 대한 진우의 자본주의 이데올로기론에 대해 울리히 벡과 벡-게른스하임 부부의 논리를 가져다 반박하기도 하고, 자신의 '쫀쫀한' 강박사고(호접란의 부러진 꽃대로부터 결혼의 파탄을 예감하는)를 프로이트의 『일상생활의 정신병리학』에 맞춰 해석해보기도 할 만큼 지적이다. 아마도 김연수의 지력에 대한 보다 많은 예시를 필요로 하는 사람이 있다면 그가 같은 세대 동료 소설가인 김경욱의 『황금사과』에 붙인 발문을 읽어보는 것으로 족할 것이다. 평론가 밥그릇을 넘봐도 무리가 없을 만큼 그는 항상 공부하는 작가임에 틀림없다.

물론 그처럼 첨예한 지식들이 소설 속에서 돌출되어 있다거나, 훈계와 계몽적인 설명조로 제시되어 있다면 그것은 김연수의 소설이 아니다. 『사랑이라니, 선영아』 전편을 통틀어 현학을 과시하는 지식의 생경한 노출은 찾기 힘들다. 김연수는 아무리 어려운 얘기를 해도 '소설적'으로 한다. 이번 소설의 경우 다소 해학적이면서도 따뜻한 웃음이 광수와 진우의 현학과 지리멸렬함을 감싸 숨긴다. 그리하여 유례를 찾기 힘들 만큼 재미있고 지적인 '사랑론' 하나를 소설로 만들어놓는다.

그 지적 잡식성, 말하자면 자본주의 이데올로기로서의 '낭만적 사랑'이 갖는 허구성에 대한 예리한 지적과 여성 포털사이트의 광고문안이었던 "선영아, 사랑해"를 나란히 병치시켜놓아도 아무런 생경함을 느낄 수 없게 만드는 그 능력이 김연수를 김연수답게 한다. 이전 세대의 작가들에게 자신의 소설 속에서 〈개그콘서트〉와 레비스트로스를 나란히 양립시키면서도 엄숙함의 포즈를 취하지 않기를 기대하는 것은 거의 불가능한 일이다. 혹은 전혀 가치관이 다른 진우와 광수를 나란히 병치시켜놓고, 그 누구의 편도 들어주지 않은 채 소설을 전혀 계몽적이지 않은 방식으로 끝맺을 만큼 '비도덕적'(그러나 도덕이란 예술에 대해 얼마나 악덕이던가?)이기도 불가능한 일이다. 삼 년의 세월이 단절적으로 느껴지는 이유가 여기에 있다. 김연수는 이제는 다소 촌스러워진 엄숙성, 결벽성, 계몽주의에 대해 부채감을 느끼지 않는 작가이다. 그리고 그 자유로움이 그의 소설에 웃음과 진지함, 아날로그 글쓰기와 디지털 글쓰기, 좌뇌와 우뇌가 어느 하나에 폭력적으로 통합됨 없이 사이좋게 공존하는 풍경이 연출될 수 있도록 해준다.

4

이즈음 김연수를 김연수답게 하는 특징들은 더 있다. 최근 특히 그가 관심을 갖고 있는 것은 '문체'인 듯하다. 소설 『사랑이라니, 선영아』의 몇 부분은 일종의 '어휘용례사전'처럼 읽히는 데가 있다. 가령 그가 진눈깨비를 두고 "'아령칙하다'라는 형용사에 어울리는 물질"(10쪽)이라고 정의할 때, 혹은 광수의 캐릭터를 설명하는 데 쓰인 '쫀쫀하다'라는 형용사와 그 반대의 뜻인 '얼멍얼멍하다'라고 하는 두 단어로 소설 전체의 주제를 개관할 때, 나아가서는 '알다'라는 의미의 영어 단어 'know'를 플라톤의 『향연』과 성경 창세기로까지 소급하여 어원학적 설명을 시도할 때, 우리는 혹시 이 소설이 몇 개의 어휘를 중심 얼개로 삼은 어휘도상학적 소설은 아닌지 의아해할 지경에 이른다. 왜냐하면 이 각각의 어휘들에 따라 인물들이 배치되다시피 하고 있고, 소설의 주제 역시 이들 어휘와 밀접한 관련을 맺고 있기 때문이다.

사실 광수는 '쫀쫀하다'. 그리고 그의 짝패(double)인 진우는 '아령칙하다' 혹은 '얼멍얼멍하다'. 광수는 'know'의 의미를 과신한다. 반면 진우는 'know'의 의미를 알맞게 폄하할 줄 안다. 예를 들어 이 소설 전체를 통틀어 두번째 압권(첫번째 압권은 앞서 언급한 난장판 송년회 장면이다)에 해당하는 '노래방 결투 장면'은 이 두 사람의 성격상 차이를 극명하게 보여준다. 팽팽한 긴장과 함께 노래방에 마주앉은 두 사람, 쫀쫀한 광수는 온 영혼이 질투에 사로잡혀 있다. 그가 알고 싶은 것은 오로지 한 가지 사실, 진우가 선영과 잤는가 자지 않았는가다. 노래방 기계에서 흘러나오는 배경음악은 희극적이게도 두 사람이 전혀 그 가사의 의미마저 이해할 수 없는 민요 〈양산도〉이다(절묘한 미장센이다. 이 세대는 전통에 대해 아무런 부채의식도 없다). "양덕맹산 흐르는 물은 감돌아든다고 에루아 부벽누하로다.” 광수가 집요하게 묻는다. “너 선영이하고 잤지?”(93쪽) 이때 진우의 대답이 이렇다.

> “내가 하고 싶은 말은 이거야. 모든 건 너한테 달린 문제야. 니가 알고 싶다면 내가 그때 선영이에게 뭐라고 말했는지 말해줄 수 있어. 하지만 진실을 다 알고 난 뒤에는 니 생각이 얼마나 잘못됐는지 알게 될 거고 니가 책임져야만 하는 일도 생길 거야. 나는 세상만사의 진실을 샅샅이 알아낸다고 해서 더 나아지는 건 없다고 생각해. 그러나 니가 정 원한다면 말해줄 수는 있어. 얘기해줄까? 아니면 여기서 그만둘까?”(101~102쪽)

‘알다’라는 동사를 대하는 두 사람의 태도가 이처럼 다르다. 광수는 팔레노프시스 꽃대 하나가 부러진 이유까지도 알고 싶어한다. 반면 진우는 세상에는 더러 그 진실을 모르는 편이 살아가는 데 도움이 될 수도 있다고 생각한다. 그리고 이 차이는 그들이 ‘사랑’을 바라보는 차이로 직접 연결된다. 광수는 ‘낭만적 사랑’, 즉 나를 먼저 알고, 나를 먼저 내보이고, 상대를 속속들이 이해하는 사랑이라고 하는 감정을 믿는다. 반면 진우는 그렇지 않다. 사랑에 관한 한 진우에게 가장 적합한 대사는 이 소설의 제목에도 나오듯 ‘사랑이라니’이다. 사랑이라니!

결말에 가서 작가가 누구의 편을 들었는가는 그다지 중요하지 않다. 사실은 누구의 편도 들지 않기 때문이다. 다만 여기서 다시 확인해두어야 할 것은, 김연수가 이즈음 언어를 다루는 방식이다. 그는 이즈음 사전을 들고 어휘를 뒤지는 일에 몰두해 있다. 무수한 실험(추리소설적 관습의 도입, 메타픽션, 상호텍스트적 글쓰기, 하이퍼텍스트적 글쓰기, 가상역사소설 쓰기 등등)을 거쳐 이즈음 김연수가 실험중인 것은 어휘도상학적 글쓰기이다. '어휘도상학'이란 말이 다소 어폐가 있을지 모르나, 몇몇 어휘 주위로 인물들을 배치하고 그 어휘가 소설의 주제를 감싸안게 하고, 그 어휘를 통해 서사를 풀어가는 방식의 글쓰기는 아무래도 유례를 찾기 힘들다.

문체와 관련해서 이번 소설이 흥미로운 지점은 그가 사용하는 비유에서도 나타난다. 굳이 이름 붙이자면 '문어체 인공 직유'라고 해야 맞을 듯한 비유의 용례들이 여기에 있다.

> 미혼남에서 유부남으로 바뀌는 과정은 달에서 지구로 귀환하는 일과 비슷하다.(12쪽)

> 미혼녀에서 유부녀로 바뀌는 건, 뭐랄까 호두를 깨무는 일과 비슷하다.(14쪽)

> 빈탄의 텁텁한 저녁 바람에서 돌아온 광수에게 현실이란 이제 다양한 종류의 가방들을 토해내는 기다란 수하물 수취대의 맨 앞 구

멍이었다.(같은 쪽)

그럴듯한 설명이 없다면 보조관념과 원관념 간의 유사성을 전혀 짐작할 수 없는 낯선 비유들, 마치 러시아 형식주의자들의 문학 정의를 예증이라도 하려는 듯한 인공적인 비유들이 속출한다. 그는 완전히 관습과 결별한 비유를 '만들고' 있다. 첫번째 비유는 유부남이 느끼게 될 여섯 배의 중력을 염두에 두고 있다. 두번째 비유는 호두 속의 보잘것없음과 관련된다. 세번째 비유는 수하물 수취대에서 나오는 가방이란 절대로 가벼운 법이 없다는 사실을 염두에 두어야만 이해가 된다. 이런 비유를 더 찾는 것은 시간 낭비일 것이다. 대강 헤아려도 수십 개의 이와 같은 비유들이 『사랑이라니, 선영아』 전편에 산재해 있다. 그러나 그 하나하나의 비유들은 마치 에이젠슈테인의 몽타주들과 같아서 읽는 사람을 식상하게 하는 법이 없다. 다만 너무 긴 문어체 비유들인데다 지적인 사유를 동원하지 않고서는 이해하기조차 만만치 않아서 외워둘 수 없다는 점이 문제라면 문제겠다. 그가 이즈음 실험중인 것이 '문체'라고 했던 두번째 이유이기도 하거니와, 이러한 실험은 좌뇌가 승한 그의 글쓰기에 참으로 어울려 보인다.

5

좌뇌가 승하다는 이야기는 그간 김연수가 써온 소설들에서 보이는 '구성의 우위'를 염두에 둔 말이다. 김연수의 소설은 처녀작인 『가면을 가리키며 걷기』 시절부터 이미 '고백'과는 거리를 두고 있었다. 『가면을 가리키며 걷기』는 소설 형식에 대한 대위법적 구성의 실험이었다. 이후 『7번국도』는 여러 개의 단편적 시퀀스들이 상호 링크되어 있는 하이퍼텍스트적 구성을 보여주었고, 바로 그러한 구성의 우위 정점에 『꾿빠이, 이상』이 있었다. 진우가 후일담을 싫어하는 것만큼이나 그는 고백과 사담을 멀리한다.

김연수가 매번 발표하는 작품마다 새로운 변모와 발전을 거듭해온 이유도 여기에 있을 것인데, 그는 소설 속에 빠져 허우적거리는 대신 자신의 소설 전체를 장악한다. 그리하여 인위적임에 분명하지만 의미로 가득차 있고, 개연성을 포기하는 대신 상징의 수위까지 육박하는 명장면들이 김연수 소설 속에서는 자주 연출된다. 물론 『사랑이라니, 선영아』의 경우에도 그러한 명장면(이 장면은 이 소설의 세번째 압권이기도 한데)이 있다. 광수와 결혼한 선영이 임신했단 사실을 확인한 진우가 하릴없이 고궁을 거닐다 중늙은이 사진사를 만난다.

"그거 한 번 찍는 데 얼맙니까?"

중늙은이는 진우를 아래위로 한 번 훑어보더니 아무런 대꾸 없이 한쪽을 가리켰다. 영어·중국어·일본어·한국어 등으로 "사진 촬영 후 25분 완성됩니다"라고 써놓은 폿말이 보였다. 그 아래에는 각종 궁중의상을 입고 찍은 사람들의 사진이 샘플로 전시돼 있었다. 가격은 1500엔, 13달러, 15000원.

진우는 중늙은이가 이끄는 대로 따라갔다. 중늙은이는 한복을 걸어놓은 옷걸이를 가리켰다. 옷걸이에 걸린 옷을 이리저리 살펴보다가 진우는 익선관에 홍곤룡포를 택했다. 진우는 점퍼를 벗고 홍곤룡포를 걸쳤다. 그 모습을 유심히 바라보던 중늙은이가 말했다.

"그런데 지금 혼자 사진 찍을 거요?"

"예. 안 됩니까?"

"안 될 거야, 없지요. 곤룡포 걸쳤으면 왕비가 옆에 서야 하는데, 아쉬워서 그러지요."

사진관처럼 꾸며놓은 가건물 안으로 들어가 디지털카메라를 들고 나온 중늙은이를 따라 진우는 경회루 쪽으로 움직였다.(132~133쪽)

마치 타르코프스키의 미장센처럼 철저하게 구성되었음에 분명한 이 장면은 오래오래 숙고해볼 필요가 있을 듯만 싶다. 중늙은이 사진사가 익선관에 홍곤룡포를 입은 진우 앞으로 걸어나온다. 자칭 문학계의 서태지라는 진우가 익선관에 홍곤룡포를 입은 사실도

흥미롭지만, 중늙은이의 손에 들린 카메라가 디지털카메라란 점은 더욱 흥미롭다. 기술 복제와 아우라의 경계를 뚫고, 옛것과 새것의 벽을 허물며, 한 세대의 격차를 무마하면서 걸어나오는 그는 "시방 위험한 짐승"(40쪽)인데, 만약 김연수의 소설이 또 한번 변한다면 진우와 이 늙은 사진사가 연출하는 다소 기괴한 화해의 풍경으로부터일 것이기 때문이다.

| 1판 작가의 말 |

지난겨울, 완도에서 여객선에 올라타 제주로 갈 때의 일이다. 너른 삼등 객실에 누워 KBS에서 하는 〈6시 내 고향〉을 시청하는데, 뭍에 나가 관광을 하고 집으로 돌아가는 제주도 아줌마들이 노래를 부르며 춤을 추기 시작했다. 바야흐로 집에 도착하기 전에 마지막 남은 정열을 불태우려는 모양이었다. 덕분에 사람들이 다른 객실로 옮겨가는 통에 꽤나 너른 자리를 차지하고 편안하게 여행할 수 있었다.

그때, 숫기 좋게 생긴 오십대 남자 하나가 느닷없이 아줌마들 사이로 들어가 춤을 추기 시작했다. 아줌마들은 합심해 그 남자를 밖으로 밀어냈다. 같이 놀자, 안 된다, 승강이가 벌어지는 모양이었다. 쫓겨난 오십대 남자는 객실 밖으로 나가는가 싶더니 잠시 후 소주와 과자 따위를 사들고 나타났다. 아줌마들이 같이 놀려면 성의를 보이라고 말한 모양이었다. 그 오십대 남자는 아줌마들 앞에서 노래까지 부른 뒤에야 같이 춤을 출 수 있었다.

텔레비전에 시선을 둔 채, 힐끔힐끔 그 남자를 바라보다가 나는 사랑에 대한 소설을 하나 쓰기로 마음먹었다. 왜 그런 마음을 먹게 됐는지 설명하라면 아주 긴 이야기가 될 텐데 출판사측에서 작가의 말은 오 매면 충분하다고 했기 때문에 이 정도로만 말할 수밖에 없다. 사랑 따위는 하지 않고 살면 얼마나 좋을까? 그런 마음이 없다면 소주를 살 일도, 노래를 부를 일도, 춤을 출 일도 없을 텐데. 그 오십대 남자를 보며 뭐, 그 정도 생각을 했다는 것만 덧붙이고 싶다.

내게 이 짧은 소설은 좀 특별하다. 계획에 따르면 올해 나는 대단히 골치 아프고 복잡하고 긴 소설을 쓰기 위해서 자료를 모으고 다녀야만 했는데, 그 일을 시작하는 게 여간 겁나지 않았다. 숙제를 미루는 학생처럼 나는 자꾸만 미적거리고 있었다. 그래서 그 겁나는 일을 시작하기 전에 잠깐 쉬었다 가는 기분으로 이 소설을 썼다.

이 책을 읽는 사람들도 그런 기분으로 읽었으면 좋겠다. 내게도 팬이라는 게 있다면 이 소설은 그 팬들을 위한 특별판 소설이다. 내가 생각하는 특별판 소설은 두 명의 남자와 한 명의 여자가 주인공으로 나오는 짧은 소설이다. 지난 특별판 소설은 1997년 '7번국도'라는 제목으로 발간했다. 따라서 역시 두 명의 남자와 한 명의 여자가 주인공으로 등장하는 다음 특별판 소설은 2009년에 출간될 예정이다. 그때까지도 우리가 같이 춤추기 위해 매점에 가 소주를 사들고 오는 수고를 잃지 않는다면, 그때까지도 당신과 내가 여전히 사랑할 수 있다면.

2003년 여름

김연수

문학동네 장편소설
사랑이라니, 선영아

1판 1쇄 2015년 10월 3일
1판 12쇄 2024년 7월 19일

지은이 김연수
책임편집 김내리 | 편집 정은진 이성근 황예인
디자인 윤종윤 유현아 | 저작권 박지영 형소진 최은진 오서영
마케팅 정민호 서지화 한민아 이민경 안남영 왕지경 정경주 김수인 김혜원 김하연 김예진
브랜딩 함유지 함근아 박민재 김희숙 이송이 박다솔 조다현 정승민 배진성
제작 강신은 김동욱 이순호 | 제작처 영신사

펴낸곳 (주)문학동네 | 펴낸이 김소영
출판등록 1993년 10월 22일 제2003-000045호
주소 10881 경기도 파주시 회동길 210
전자우편 editor@munhak.com | 대표전화 031) 955-8888 | 팩스 031) 955-8855
문의전화 031) 955-2696(마케팅) 031) 955-8864(편집)
문학동네카페 http://cafe.naver.com/mhdn
인스타그램 @munhakdongne | 트위터 @munhakdongne
북클럽문학동네 http://bookclubmunhak.com

ISBN 978-89-546-3781-7 03810